在梦想中成长

虞晓波 著

广东省出版集团
花城出版社
中国·广州

图书在版编目（CIP）数据

在梦想中成长 / 虞晓波著. —广州：花城出版社，
2008.7
（张瑛姐姐牵手丛书）
ISBN 978-7-5360-5386-1

Ⅰ. 在… Ⅱ. 虞… Ⅲ. 儿童文学—作品综合集—中国—
当代 Ⅳ. I287

中国版本图书馆 CIP 数据核字（2008）第 097680 号

策划编辑：张　瑛　　　　责任编辑：张　瑛
技术编辑：易　平　　　　装帧设计：杨亚丽
插　　图：杨香香　　　　封面图：穆玲玲

出版发行　花城出版社
　　　　　　（广州市环市东路水荫路 11 号）
经　　销　全国新华书店
印　　刷　广东广彩印务有限公司
　　　　　　（广东省佛山市南海区盐步河东中心路）
开　　本　880×1230（毫米）　　32 开
印　　张　9.375　6 插页
字　　数　220,000 字
版　　次　2008 年 11 月第 1 版　2008 年 11 月第 1 次印刷
印　　数　1—6,000 册
定　　价　20.00 元

如发现印装质量问题，请直接与印刷厂联系调换。
购书热线：020—37604658　37602819
欢迎登陆花城出版社网站：http://www.fcph.com.cn

　　2000年9月，我成了义乌市实验小学的一名小学生，2006年6月以优异的成绩小学毕业。

　　2006年5月，绣湖中学吴希红校长对我进行了各方面的考察，最终我以优异的成绩和写作特长生的身份被义乌市绣湖中学提前特招录取了。

　　义乌市绣湖中学是义乌最大的初级中学，是浙江省城镇示范性初中，浙江省科研兴校百强学校，浙江省现代教育技术实验学校。我能够在这个学校读初中，我们全家人都很高兴。

　　高尔基说过，书是人类进步的阶梯！我认为，读书能使我获得知识，教给我做人的道理，能帮助我提高写作水平，能给我带来快乐，使我变得更加自信……因此，我喜欢读书，喜欢逛书店。

　　热爱读书是一种好习惯！每天做完作业，我都会找出自己喜欢的书阅读。我从小喜爱文学，尤其喜爱文学名著。

　　读小学时就喜欢写作。语文老师经常把我的作文当成范文在班上朗读，并把比较好的文章推荐给报刊发表。我也试着参加学校、市级、省级、国家级的中小学生作文大赛，分别荣获了不同级别的奖项。这大大地鼓舞了我对写作的积极性。小学时，我一直坚持用手写日记或习作，写了好几本，读初中后，我就用电脑写作文，这本《在梦想中成长》就是用这台电脑写的。

　　我的爱好比较广泛，写作、绘画、打篮球、航模制作等，我都喜欢。

在梦想中成长 **03**

　　老师让我们每个同学到讲台上谈我们的梦想，我在台下时胸有成竹，有好多话要说，到了讲台，却说不出来了。老师就叫我们班的龚何波同学上来先讲，结果，我的演讲才能被开发出来了，我谈了我对写作的喜爱，谈了我的理想，描绘了我的未来……

　　跑步不仅可以锻炼身体，还可以缓解学习的压力。照片中跑在前面的是我，在我的后面并排跑的是我们班的同学，左边的是季志恒，右边的是丁阳。我们3个都是班干部，季志恒是体育委员，丁阳是副班长，我是学习委员。

八达岭长城是中华民族的象征，全长12000多里，是我国古代伟大的防御工程万里长城的一部分，建于明代弘治十八年（1505年），是明代长城中保存最好的一段，也是明代长城的精华。"不到长城非好汉"！2007年7月，我登上了八达岭长城，到达了最高区域"好汉坡"。

　　被称为"江南第一镇"的横店影视城，在距义乌市区36公里的黄金旅游线上，是亚州最大的影视拍摄基地，被誉为"东方好莱坞"。影视城主要有秦王宫、清明上河图、江南水乡、大智禅寺、广州街香港街、明清宫苑、屏岩洞府等景区。《鸦片战争》、《荆柯刺秦王》、《雍正王朝》、《绝代双骄》、《杨门女将》、《英雄》、《天下无双》、《小李飞刀》等影视大片里的好多精彩场面就是在这里拍摄的。我身后的景点是"秦王宫"。

清华大学是我国著名高等学府，坐落于北京西北郊风景秀丽的清华园，是莘莘学子向往的地方。我也梦想自己能成为清华大学的学生，在绿树成阴，湖光山色，景色优雅的清华园漫步、读书。

北京大学是我的另一个梦想。我去北京大学参观那天，在北京大学图书馆前徘徊了很久。北京大学图书馆是我国高校中藏书品种最多的图书馆之一。毛泽东、李大钊等伟人曾经在北大图书馆工作过。我渴望自己也可以进这样的大学图书馆看书。

　　我每次在电视上看到人们在天安门广场看升国旗都很美慕。2007年暑假，爸爸帮我实现了这个心愿！我也在天安门广场观看了升国旗仪式。

　　浙江义乌是一个富有传奇色彩的城市。一个县级市，不仅拥有现代化国际市场义乌国际商贸城，还拥有自己的机场。义乌机场是全国第二个县（市）级中型航空港，距义乌市区5.5公里，已达到4C级机场规模。瞧，我从北京回来时乘的飞机就是在自己家门口着陆的。

这是我们的全家福照。前排左起：哥哥、我、妈妈。我的爸爸妈妈与哥哥一起经营自己的企业。

我从小学一年级到初中二年级获得几十个荣誉证书。爸爸妈妈把这些证书当宝贝一样摆在家里。

在梦想中成长

ZAI MENGXIANG ZHONG CHENGZHANG

目录 Mulu

2

第三章　学习的乐趣

3

目录 Mulu

第四章　第二课堂

第五章　中学趣事一箩筐

第六章　老师·朋友·同学

目录 Mulu

6

第九章　生活好精彩

目录 Mulu

第十二章　成长的思考

第十三章　读书·感悟

9

目录 Mulu

第十四章　我爱我的家乡

10

第十五章　爱自然，爱生命

第十六章 杂谈 · 随笔

目录 Mulu

序一：小荷才露尖尖角

又送走了一届毕业生后，学校安排我教五（3）班语文课，继续我的语文教学生涯。

2004年9月3日，我刻意准备好了与学生第一次见面的所有程序和内容，整整衣领和眼镜，踏着悠扬的上课铃声迈进五（3）班教室。一走进教室，40位学生甚是调皮，在下面叽叽喳喳的，忽然有人叫起来："你就是我们的语文老师？""是的，他就是余老师，我经常见到他。"学生你一言我一语，教室里热闹极了。

我走到讲台前照例向学生自我介绍，当我说到"我姓余，是年年有余的'余'，不是多余的'余'"时，教室里安静片刻后，"哄"的一声砸开了锅。

有些猴急的孩子马上反驳说："余老师，你弄错了，两个余是一样的。"

"哈哈，我们新来的语文老师说错字啦。"

"我认识虎头虞，双人徐，月刀俞，干钩于，今天来的是余数的'余'老师。"

此时，坐在第三组第五位的一个男生正努力提醒周围的人："余老师不是这个意思，他是告诉我们他是我们五（3）班的一员，是自己人。"第一次见面，我耐着性子，任学生"高谈阔论"，这位文质彬彬、一脸帅气的男生吸引了我，独到的见解，敏捷的才思，给我留下了美好的第一印象。我走过去，顺便也请他自我介绍。他环顾四周后慢慢地站起来，脸上已经铺满了红霞。他双手不自觉地摸着衣角，开始喃喃地说："我姓虞，名叫晓波，春晓的'晓'，水波的'波'。"他顿了顿，刚想接着说，我忙接茬："哦，按照我们中国文化的讲法，我们500年前是同祖宗了。"他忙不迭地说："不，不，我是虎头虞的'虞'。"啊！第一次见面居然被学生逗了。我也扑哧地笑出声来，真是个机灵鬼，偏偏不介绍哪个虞字。

小学高段的学习总是紧张的。教育局教研室经常要对学校

进行学科抽测，班级成绩上不去总是非常丢人的。令人欣慰的是五（3）班很争气，学科成绩向来不错。学校的活动非常多，基本上没有多少空余时间让学生练习作业，只有提高课堂40分钟的效率了。

每当上课时，当大家讨论某个问题争得不可开交时，晓波总是静静地坐在位置上，似在听同学的"高论"，又似在用心思考问题，大有将军在战场上沉着冷静指挥战斗的风范，又若有诸葛亮用空城计退敌的闲庭信步。总之，在同学们热闹时，他总是静静地在一旁从不发表意见。当大家"辩"得面红耳赤时，他总会高高举起右手，"该出手时就出手"，他要发言了。教室里顿时就会安静许多，大家的目光都会聚焦在晓波的身上。确实，人的威信总是建立在才能上。晓波对问题的回答总是经过深思熟虑的，从不打没准备的"仗"，因此他的意见总能让人信服。长此以往，同学们都把晓波当半个老师了。难怪，最复杂的、最难的、最无法用语言表述的一些问题，基本上都由晓波承包了。小小年纪，思维就很缜密，考虑问题很周全，这一点无不令老师们佩服。晓波不爱举手，但关键时总是少不了他。成绩也因此常常是名列前茅，他是我们五（3）班的学习尖子，是五（3）班的骄傲。

爱看书是晓波的一大嗜好，以至于同学们都说他是"书痴"。天文地理、中外故事都是他猎奇的对象，真可谓是"博览群书"。读起书来，常常忘乎所以，书架上是书，桌上是书，床头柜前是书，书包里鼓鼓囊囊的还是书。他有时边吃饭边看书，睡觉前要看书，坐在车上也要看书。更有趣的是一回"寻人启事"。上课我习惯性地检查了学生到课情况，发现晓波不见了，忙问学生，学生们都说上节课还在的，不知道跑哪了。5分钟后还不见踪影，忙叫学生分头到校园里找，结果还是没有消息。我心急如焚只好告知校长，校长马上进行广播找人。好家伙，他居然躲到顶层卫生间边拉边看书，被其他老师发现了才回过神来，提起裤子就往教室赶，未等我开口，他就忙不迭地道歉起来，弄得我苦笑不得。唉，这小家伙，又活生生上演了一幕"废寝忘食"的故事。

"读书破万卷，下笔如有神"，晓波的写作天赋渐渐地显露出来。有时，我都会怀疑有些作文是不是抄袭来的。每当用怀

疑的目光望着他时，他总是涨红了脸，很激动，一个劲地表白自己的清白，还会拿出草稿来让我检对。读他的作文，的确是一种享受，没有矫揉造作的扭捏，没有冗长的啰嗦，没有严肃的说教。读他的作文，有时会感到一个少年的沉重，有时又会感到非常阳光。老练的笔法，总能抓住你的思想进入他那幽深的境界。从作文中分明体现出了与年龄不符合的写作能力，但字里行间却总是淡淡地流露出一个少年不屈的心灵、宽阔的胸怀。

作文课上，时常也会拿他的作文当范文，解剖麻雀般地一层一层分析给同学听。感谢晓波同学，由于他的带动，五（3）班的同学整体写作水平是我从教 17 年来最好的一个班。

都说义乌是小商品的海洋，其实义乌的文化也是渊源流长，唐朝诗人骆宾王 7 岁就能《咏鹅》，历史学家吴晗的《海瑞罢官》彰显出中国人的铮铮傲骨，文学家冯雪峰、语言学家陈望道……如今，晓波同读小学就出书了，或许得益于故乡积淀的深厚文化，或许得益于从小良好的家教，或许得益于他从不张扬的个性……

　　晓波是个忙碌的人。他出生在一个偏僻的山村，父母迫于生计，早早地来到城里经商。待到他会咿呀学语时，父母已经在市场上辛勤打拼赚取了第一桶金。或许父母苦于自己文化程度不高，对子女的教育异常重视，在教育上可谓有求必应，从不吝啬。在上小学五年级时，课业负担已经愈来愈重了。他还参加英语、线描、写作、科技等辅导班。常见到他忙得团团转。有时，我也善意提醒他，放弃一些活动，他总是把头摇得拨浪鼓一样。学习英语，他梦想着能说一口流利的英语与外国人交流，甚至希望将来能出国留学；学习线描，他梦想着能成为神笔马良，把世上最美的景物永远地保留下来；学习科技，他梦想着有朝一日能像哈里·波特一样具备神奇的魔力；学习写作，他梦想着通过自己的笔，把所见所闻所悟都一一表达出来，把自己的灿烂人生记录下来。

　　由于自己的努力，他的综合素质有了很大的提高。尤其是学习线描，仅用了一个学期，他就基本上掌握了画物体的一些技巧，速速几笔，就能使他所见的物体跃然纸上，栩栩如生。美术老师黄滚逢我便夸："你班的晓波同学悟性真高，接受能

力非常强，对空间的感觉特别敏锐、清晰，是一块好料子。"由于他画画水平出色，班里的板报几乎都由他来负责设计了。在一次义乌市校园文化艺术节比赛中，他荣获了二等奖。指导老师为他由衷的高兴，可是晓波却难过得哭了，他说只有二等奖，没有给学校、老师争光。毕竟才学一个学期啊，有此成绩本该值得庆贺，晓波同学就是向来这样严格要求自己。

晓波腼腆、心细。都说晓波文静，静得犹如一位略带羞涩的少女。每当早上晨练时，我早早来到操场，他遇见我首先是脸瞬时泛红，轻轻地叫一声老师早后，便转身加入到其他同学的行列。有时我主动向他问好，他会裂开嘴笑得很甜，就是不能搭上一句话。有时觉得真怪，课堂上文思泉涌，分析问题是那样的滔滔不绝，头头是道。可是在生活中，他都是这样惜字如金，用笑脸回答一切。也许正是这种性格，他中规中矩，总没有留给我生气的机会。

在班里开展班队活动时，他的点子很多，如编写串词，指导同学排练小品，虽然上台表演的机会不多，但大家都不会忘记他默默无闻的幕后工作。一次他跟三位同学到市场里一家电脑摄影店拍了一些照片。周一回到学校里后，他分发给了一些同学，我见照片非常漂亮，也随手拿了一张，爱不释手。他见我也要照片，情绪似乎也上来了，便滔滔不绝地把摄影经过一五一十地说了。说他如何设计照片的边纹，如何选择背景，如何在照片背后填写格言。经过他的自我"标榜"，想不到他还有设计的艺术天分。这张极具个性化的照片背后蕴含了晓波很多很多的思想。小小年纪就能把一件事做得富有意义，心里真为他暗自高兴。

晓波的人缘非常好，同学之间的关系很融洽，这跟他的善良很有关系。当年我市两位学生因为家中着火，严重烧伤了身体，需要50多万的资金去抢救。"一方有难八方支援"，我校大队部开展了一次爱心捐助活动。晓波拿了150元钱来捐献，我笑着告诉他："晓波，你爱读书，你就捐50元吧，拿100元回去买书好了。"他轻轻地说："受伤的那两个人太可怜了，150元又不多，我爸爸妈妈也很支持我。"一个五年级的学生就能深深体恤到他人的痛苦，多么不简单啊！

晓波是我的学生，是我的骄傲！我很欣慰、自豪。"小荷

序一：小荷才露尖尖角

才露尖尖角"，虽然他还谈不上有多少成就，但在年少的心灵中已经培育出了文学的兴趣。有时我总会感叹社会的功利、浮躁，但回想起晓波这样的学生，心里又不免宽慰了许多。他有自己的长远目标，是这样的执着；他表面上是腼腆的，内心却是火热的；他表面上不善言辞，内心里却是文思泉涌。虽只有短短的两年时光，但他已深深地烙记在我的头脑里。愿晓波一路走好！

余悦森

2008年4月28日

（余悦森：男，义乌市实验小学党委副书记、副校长，晓波小学五年级至六年级的语文老师。）

序二：愿晓波像海燕翱翔蓝天

晓波要出书了，这令我们学校所有师生都很振奋，因为他是我们当中的一分子，是我们最喜欢的朋友和伙伴，我们一直都期待着这个可爱的孩子获得更多的回报，取得更大的成绩。

小小少年，集太多的荣誉于一身，于是乎，有人冠之以"天才"、"神童"等称号。我不赞同。晓波的每一点一滴的成绩都是他汗水的结晶，都是他勤奋好学的结果。每天放学，他总是背着个大大的书包，乐颠颠地来到我们的教室，一直学习到晚上10点；周六、周日还有其他的课外班。他课间在读书、走路在读书、坐车在读书、躺在床上在读书、甚至上厕所的时间也在读书……正是因为他读过了万卷书，才写出几十万字的文章。

晓波永远是一个让人感动让人感叹的好孩子：他很安静，

却有思想；他很优秀，却从不张扬；他随和、善良，始终以一张憨厚的笑脸面对任何人；他已经成了一个小名人，却始终能够甘于寂寞，平淡地走自己的路；他懂得感恩，时刻知道自己承载着父母的希望……

读晓波的文章，我常常能被感动得热泪盈眶。他的文章中所记录的都是身边的人、平常的事和自己的感受，但是就在这些简短的文字之中蕴涵着一个中学生的感悟、忧思和理想，道出了一个孩子的真切情怀。

比如在《音乐课漫想》中，他发出了"音乐是一门艺术，也值得尊重。而我们一帮人，如此对待艺术！想到此，心犹如刀割般的难受……艺术悲哀！老师悲哀！学生悲哀！学校悲哀！教育悲哀！"的慨叹。

在《走好每一步》中，"要是在上课时我们少一些杂音，聆听老师的讲课，我们会避免一些不必要的懵懂；要是我们学习的态度认真些，也会少些对问题的困惑；要是我们再少一点浮躁，耐得住寂寞，许多误解不会产生；要是你努力过了，你会看见水波倒影中的七色彩虹……"

在《又到考试时》中，"我们正一点一点拓展自己的视野，向更加广阔的天空，张开翅膀，尽情飞翔！"

《困难面前需要清醒》中，"我真想泼自己一身冷水，涤净我的杂念，一门心思静下来读书。我坚信没有付诸努力是收获不到成果的，书是为自个儿读的，将来的路也得自己一步一步走下去。"

《人走茶不凉》中，他写道："学习，自主学习，耐得住学习的寂寞才是会成功的人。学习不以成功论英雄，成败与否，在于你经历的过程。微笑面对学习，开拓出自己的一片蓝天……"

在《橘子问题》中，"只有投入到自己热爱的适合自己的环境之中去，才会茁壮成长。"

在《最难割舍的是亲情》"……尽管爸爸是百忙而无一闲，却还是从很远的工厂急忙赶回家中，只为了给我带一顿午餐……他耳上却还藏着一支普通的记事笔，发间还淌着汗水……"

义乌是个人杰地灵的地方，过去曾涌现出了历史学家吴

序二：愿晓波像海燕翱翔蓝天

晗、文学家冯雪峰、语言学家陈望道等历史文化名人。如今，就是在吴晗等人的家乡，晓波这只燕雏也开始起飞了。

我们一直为中学生原创作品的匮乏、单薄而忧虑和感叹。如今我终于可以发现这本优秀的、值得推荐给孩子们的原创儿童文学作品——就是晓波的这本《在梦想中成长》。

愿所有的中学生都能读到晓波的作品，成为像晓波一样优秀的学子；愿晓波能够愈行愈远，愈飞愈高！

宁欣

2008年5月18日

（宁欣：女，1993年毕业于吉林省长春大学，后被分配到湖北省黄冈中学，从事信息技术教育。现任黄冈中学网校金华地区校长。）

序三：勤奋与天赋

去年春天，浙江金华海峡两岸作文教学研究会副会长、《海峡作文报》总编方森军先生打来电话，说他们在义乌挖掘出一名颇具潜力的少年作家，这名小作者小小年纪，写作水平非常了得，他们想为这名小作者编辑一本个人集子。当时我心中颇不以为然。在我的印象中，一个小学生，能写出什么像样的文章啊，更何谈出集子？后来，在对方的一再坚持下，我踏上了南下的列车。

到了义乌，当我接过那厚厚的一叠文稿的时候，不禁惊讶不已。我真的不敢相信这100多篇洋洋洒洒的文章竟出自一个十二三岁的中学生之手。

通过和小作者几天的接触、了解，我深深地感觉到他是一个品学兼优、勤奋好学的孩子。他少年老成，擅长写作和画画。他的不少作品曾在国内多家报刊上发表，并被《金华晚

报》、《浙中新报》等报社聘为小记者，还被省小作家协会吸收为会员。他在学校是尖子生，经常代表学校参加各种比赛并屡屡获奖。《金华日报》、《金华晚报》、《浙中新报》、《义乌商报》、金华电视台、金华广播电台、义乌电视台等多家新闻单位都曾对他的事迹进行了报道。——这名小作者的名字叫虞晓波。

晓波的父亲虞先生是一个精明能干的人，谈起自己的儿子，更是如数家珍、津津乐道。虞先生说，晓波从小就特别爱读课外书，放学回到家就喜欢呆自己的房间里读书，他很少看电视。由于孩子这么爱读书，虞先生夫妇也经常带他到书店买书，每次都买厚厚一摞，从不吝惜。晓波的写作能力可能也得益于读书吧。而晓波的写作都是自觉的，没有人去刻意地培养或督促他。

晓波性格文静，不爱说话，属于内向型的。但晓波读书读得多，作文的时候，文章的构思、立意、结构及语言表达能力都与众不同，表现出了极高的天赋。他和别的孩子不一样，感觉就像一个"小大人"似的。因为他思维比较成熟，学习成绩优异，老师和同学们都很喜欢他，晓波的语文老师余老师对晓波更是格外青睐。

除了写作，晓波在绘画方面也是一个高手。他参加了社会艺术水平考级考试，2005年取得了人物专业7级证书，2006年取得了速写专业8级证书。虞先生说，前不久，晓波参加了义乌市线描比赛，结果只得了二等奖，他回到家就哭了。他这种竞争第一的精神多么可贵啊。

我一直在想，晓波的写作和绘画这么出色，竟然不会影响到学习成绩，这可不是一般的孩子所能做到的啊。按常理来说，一般有特长的同学，往往容易使得学习成绩不够理想，出现顾此失彼的现象。而晓波的成绩在整个年级里一直都是名列前茅的。

我不是不承认晓波是一个非常有天赋的孩子。从他的文章、他的绘画、他的学习成绩来看，都是毋庸置疑的。但是，"先天"的天赋是离不开"后天"的勤奋的，如果没有"后天"的勤奋，再有天赋也终将是昙花一现，是不会长久的。晓波更是一个勤奋的孩子。

序三：勤奋与天赋

　　我衷心希望晓波在今后的道路上，充分发挥自己的天赋，更加勤奋地学习，相信他定会取得更大的进步！

李军英

2008 年 6 月 12 日

　　（李军英：男，河北人，1969 年生。曾在《星星》、《绿风》、《诗选刊》、《青春诗歌》、《秋水》、《笠》、《萌芽》、《北方文学》、《女子文学》、《山西青年》、《河北日报》、《石家庄日报》、《大众阅读报》等报刊发表诗歌及散文作品。作品被收入《中国诗歌选萃》等多种选本。著有诗集《抵达》、《红月亮》。曾主编刊物《当代诗潮》、《乡土作家》、《大民间》等，主编各类作品集数十种。曾担任当代文学创作研究会会长。系河北省作家协会会员，某市作协副主席。

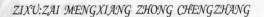

自序：在梦想中成长

理想，梦想，似乎都是那么的遥远，那么的可望而不可及，但她又确实显得那么的迷人那么的亲切，犹如湛蓝天空上的星星，柔柔地亲昵地呼唤着我，令我怦然心动，彼此感受到了脉膊的暖暖的跳动……

童年的时候，我就读于义乌市实验小学。那里充满了我数不清的欢乐与沮丧、成功与失败、友谊与师情，数不尽的进进出出，数不尽的风朝雨露，记不清的来来回回，记不清的谆谆教诲。自小学一年级至四年级，我的语文老师和班主任一直都是善解人意的李雪盈老师，三年级时，在她的鼓励下，我的第一篇作文《喝咖啡》被刊登在中小学知名杂志《中小学作文教学》上，并获得了全国小学生作文竞赛二等奖。从此，我对写作的兴趣更加浓厚了。一篇篇文章从我的笔下陆陆续续地问世

了。遗憾的是因为工作关系李雪盈老师只带了我们 4 年。小学四年级时，余悦森副校长担任我们的语文老师。余校长是浙江小学名师，我有幸成为他的学生、并被他作为写作苗子重点培养。余老师经常把我的作文在班上朗读，还会针对比较好的文章提出修改意见，推荐发表。更让我铭记在心的是，余老师还送给我很多经典名著，他告诉我，读经典，才能看到真正优秀的作品。

现在，我在绣湖中学就读，我的语文老师和英语老师都给了我极大的帮助。随着我的阅读量的加大，写作的时候我的思路就更加广阔了，"读书破万卷，下笔如有神"，虽然我还谈不上有多少成就，但在我年少的心灵中已经根植下文学的兴趣。

在班上，小学和初中语文老师总是把我的文章当范文读，同学们都很喜欢。这样，更激发了我对写作的浓厚兴趣，当作家和记者的梦想开始在我心中萌发，促使我夸父追日般地不懈奋斗着……

在老师的鼓励和帮助下，我的文章先后在《金华日报》、《浙江工人日报》、《金华晚报》、《浙中新报》、《义乌商报》、《海峡作文报》、《少年儿童故事报》，《中小学作文教学》、《枣林》、《朝花》、《作文与考试》，浙江小作家网（www.zjxzj.com），以及金华广播电台、义乌市广播电视台等报纸、杂志、网站、广

播电视台发表。部分获奖作品被收入到《成功少年文萃》丛书、《夏日阳光——浙江少年作家作品选》、《浙江小作家作品选》等图书。并考出了人物7级、速写8级两个社会艺术水平考级证书。2003年11月加入浙江省小作家协会，2007年4月又加入了义乌市湖畔图书创作协会，中国青少年通讯社、《金华日报》、《金华晚报》、《浙中新报》、《义乌商报》等聘请我当小记者。2006年上学期被评为义乌市实验小学十佳学生，2007年下学期被评为义乌市绣湖中学十佳中学生……

列出这些荣誉并不是为了炫耀，只是想告诉同学和老师，我是一个普通孩子，但我去试了，去争取了，就取得了成绩，得到了鼓励与支持！

每个人都有自己的梦想，我也一样，只想把梦想编织得更精彩，并一步步实现它。

在此，我要感谢所有帮助过我的老师，感谢给我支持与帮助的同学，感谢我的爸爸妈妈，还有我的哥哥，最后，还要感谢本书的责任编辑张瑛姐姐。

龚晓波

义乌市绣湖中学

2008年5月25日

ZAI MENGXIANG ZHONG CHENGZHANG

在梦想中成长

　　这是我就读的初中义乌市绣湖中学外景。我是 2006 年特招进入绣湖中学的，现在读三年级。

　　义乌市绣湖中学是一所具有深厚文化积淀和浓郁现代气息的浙江名校。学校环境幽雅，设备先进，是义乌市园林式单位，金华市绿色学校。

第一章　我的中学

我被绣湖中学录取了

2006 年 6 月，我以优异的成绩小学毕业。早在 5 月份，绣湖中学吴希红校长对我进行了各方面的考察，最终我以优异的成绩和写作特长生的身份被义乌市绣湖中学提前特招录取了。

我的作文启蒙老师余悦森老师是我就读的实验小学最先知道这个消息的老师。余老师很高兴，在班上表扬了我。我的爸爸妈妈更是高兴得逢人便说：我的儿子被绣湖中学录取了！

在我们义乌市，哪个学生能考上绣湖中学，老师和家长都会很高兴。因为义乌市绣湖中学是义乌最大的初级中学，是浙江省城镇示范性初中，浙江省科研兴校百强学校，浙江省现代教育技术实验学校。

不信的话，你就到义乌市绣湖中学的网站逛一逛。

义乌市绣湖中学，创办于 1969 年，前身是城阳区校、稠城镇中，2001 年 5 月更名为义乌市第十一中学，2003 年 1 月更名为义乌市绣湖中学。

学校坐落在义乌市绣湖广场西北侧，占地面积 100 多亩（规划占地 160 亩），拥有 48 个教学班，2500 多名学生，210 名教职工。

学校交通便利，风景宜人，环境幽雅，空气清新，四季芳草鲜美，常年绿树成阴。

......

学校现建筑面积 33000 余平方米的教学大楼投入使

用。其中教学楼 9320m²，科技楼 9931m²，餐厅 4464m²，学生宿舍 6200m²，综合楼 2382m²。2008 年又开始兴建 5250m² 的图书综合楼，7199m² 的体艺楼，3500m² 的防空地下室。学校拥有 400 米标准跑道的标准田径场，建筑面积 1300 平方米的体育馆，能容纳 3000 人同时就餐的多功能现代化餐厅；电脑室、语音室、电视演播室、多媒体报告厅一应俱全，每个教室配备多媒体教学平台；广播系统、闭路电视系统、教科网连通各办公室和教室；并配有 50 多个活动教室；教学仪器达省 Ⅰ 类标准；各种图书藏书 7 万多册，阅览室、电子阅览室宽敞明亮。一流的教学设施为教育现代化奠定了坚实的物质基础。

爸爸为我选择在绣湖中学读初中，最主要的原因就是学校雄厚的师资力量。因为，爸爸一门心思想让我考上名牌大学，哪个学校的教学水平高、升学率高，爸爸就想让我去哪个学校读书。

绣湖中学有一个团结协作、实干高效、以身作则、公正廉洁的教学班子，有一支安于清贫、乐于奉献、勤于教学、善于创新的教职工队伍。现有高级教师 26 人，一级教师 90 多人，有 20 人为义乌市首批学科带头人，5 人为义乌市名师培养对象，5 人成为金华市市级以上名师、名校长、优秀班主任培养对象，在第二届学科带头人评选中，又有 7 位教师榜上有名（全市初中共 12 位）。师资力量雄厚，中青年教师是学校的骨干力量。

其实，我选择绣湖中学的一个很重要的因素是绣湖中学有一个朝气蓬勃的朝花文学社。文学社刊《朝花》已接近正规刊物的水准，被评为全国中学生优秀文学社刊。

义乌市绣湖中学的目标是：以一流的理念，一流的设备，一流的师资，一流的质量，创现代化浙江名校。

我相信，今天我以学校为荣，明天我将是学校的骄傲！

我成长的又一阶梯

我从小就热爱生活，对未来充满自信。我读幼儿园时，学会了好东西要与大家分享，要帮助需要帮助的人。小学 6 年，我掌握了一个小学生应该掌握的文化知识，并喜欢上了写作。现在，我要成为一个中学生了，我相信，我的中学将是我人生的第三个阶梯。

我非常喜欢我的小学——义乌实验小学！但我依然要与我的小学挥手说再见，因为，我已经被绣湖中学录取了，这个学校一样是我喜欢的，是我自己选择的。

我喜欢美的东西。绣湖中学的校园很漂亮，是一个读书学习的好地方，很合我意。"四季花盛开，常年树成阴"，正是绣湖中学的写照。整个学校透出一种智慧的美，幽雅的环境，让人心旷神怡。

徒步而行，抬头望，是学校的宣传栏，上面是这所学校的简介。报头是一份颇大的校园鸟瞰图，乍一看，还以为是旅游胜地！

学校的四个"一流"更是令人刮目相看：设施一流，师资一流，管理一流，质量一流。我继续往下看："……教育教学质量稳居全市前茅!"我一阵寒噱,肃然起敬,诚惶诚恐啊!

说不定,3年后,学校的状元榜上就有我的名字呢!

我为自己加油!

公开教研课

学校的数学教研课如一道流星般降落在了我们814班,真是一个好消息。

上教研课是多么荣幸的事呀!

教研课讲课形式主要是采取公开教学的方式,授课教师课前要进行认真准备,课堂上会很注意选取教学方法,重点难点突出,声情并茂,并且很注意师生之间的交流和互动,寓教与学于课堂,这样才会达到老师期望的效果。由于公开教研课都会邀请本校的优秀教师观摩,并对教学的效果进行评议,所以,主讲的老师都会在这节课下百倍的工夫。因此,我们都希望有机会参加高水平的公开教研课。

我们班的教研课时间被定在下星期五上午第一节课。

时间指针已来到了星期四的下午,班主任刘志超老师让体育委员季志恒提前到学校的报告厅熟悉环境,了解授课当天的座位安排。

星期五终于在我们的期待中到了。早读课后,我们带着各自必要的学习用具和课本,排着整齐的队伍高高兴兴地向报告厅的方向出发了。很快,报告厅明亮的灯光照在了我的身上,我感到无比的庄重,接着映入眼帘的是好多熟悉的老师,有的拿着笔和纸记着什么,有的目不转睛地盯着我们,有的还在低声交谈着什么。我们有秩序地坐到了指定的座位上。

　　这次给我们讲课的是王老师。王老师的样子清瘦，头发长而细，喜欢笑，让人觉得亲切。在正式上课之前，王老师给我们做了一个成语游戏，其中"意志坚定、义愤填膺"是最让我记忆深刻的了。

　　上课过程中，我十分地谨慎，不敢作出任何一点马虎的举动，毕竟这里面有这么多老师。我比以往认真了百倍，但竟连举手发言也不敢了。课上，小王老师好几次都在寻找举手发言的人，我几次也都想举手，可终究没有这么大的勇气。看着自己举手站起来的同学风采盎然，即使答错了问题，也是精神可嘉，而我……

　　在不知不觉中，40 分钟已过去了。这次教研课的奇妙之旅考验了我的勇气，让我认识到了自己的弱点，也激发了我在今后的大场面上好好表现一番的斗志。

欢乐教师节

　　昨天是 9 月 10 日教师节。相信我们学校的每一位老师都度过了一个愉快的节日。

　　教师是人类灵魂的工程师，是人类文明的传播者和建设者。为了进一步提高教师的政治地位和社会地位，形成尊师重教、尊重知识、尊重人才的社会风尚，推动教育事业的发展，根据全国人大代表、全国政协委员和各界人士，特别是各地教师的多次提议，以及各地开展尊师活动的经验，国务院于 1985 年 1 月 11 日，向全国人民代表大会常务委员会提出关于确定每年 9 月 10 日为教师节的议案。同年 1 月 21 日举行的第六届全国人民代表大会上，确定 9 月 10 日为教师节。

我们学校在教师节前一天或当天，都会举行一些活动，以示庆祝。今年低年级的学生与我校新聘请的两位美国籍和英国籍外教在班上举行了课堂联谊活动。我们班是初三毕业班，学校没有安排集体活动，但是老师没有在教师节这一天给我们布置课外作业，课外时间由我们自己掌握。老师真的非常爱我们，平时对我们严格要求，牺牲属于自己的休息时间为我们辅导，而在属于他们自己的节日里，老师首先想到的是让我们放松，让我们快乐。

下个学期我们就要初中毕业了。我和我们班的同学都比以前更加用功学习了。我们在教师节那天用问候和认真听课让老师感受我们对他们的热爱。

记得刚进绣湖中学时，我还是一个对什么都充满好奇、比较幼稚的学生，而今，我已是初三毕业班的学生了。经过两年多的学习与历练，我已经成为一个朝气蓬勃，赢得了许多荣誉和光环的阳光少年了。

在我成长的路上，有父母的养育之情，有老师的培育之恩。我只有用全优的成绩来报答父母和老师。

有感于教师节，写下此文，以表达我的尊敬与感激之情。

ZAI MENGXIANG ZHONG CHENGZHANG
在梦想中成长

　　我并不害怕考试，但频繁的考试让我背上了沉重的包袱，尤其是考试后由高分到低分的排名，好郁闷！但是，我喜欢学习，我觉得学习不仅是为了考试，是为了让知识武装自己，所以，我还在业余时间上了黄冈中学网校辅导班。

第二章　考试好郁闷

毕业前的一次考试

　　这是小学毕业前最后一门课的考试，交上这份试卷后，我的小学学业就结束了。当试卷发下来时，我的心反常地跳动起来，就像《星际飚车王》中的歌词那样，"加速，加速，加速！"当我拿到试卷后，脑海中想的不是卷面上的试题，却是我的童年故事，我的小学生活场景……

　　回想起来以前，有好多次我对考试产生了厌倦和惧怕。记得那一次，语文任课教师余老师严肃地走进教室，手里还拿着一叠厚厚的测验卷，眼睛在镜框里更加难以捉摸，我不由得头皮一阵寒颤。

　　"又得考试了"。果不出所料，老师按原定计划把考卷传了下来。"何时才能见红日初升啊！"我发起了牢骚。余老师下了个紧急令：这一张试卷5分钟准时交卷。"啊"！我望着正反两面分量不轻的试卷，吐出了一口凉气，忙不迭埋头"唰唰"地做了起来，教室里一下静悄悄的。一枝铅笔掉在了地上，响声显得挺刺耳，也没人弯身下去拾笔。"时间到！"不会吧？我望着自己考卷上大半张题目下一个个空空的城堡，急得头冒火。没办法，只能这样了。做得最多的已做到了第六题，一个人也不敢声称自己完成了试卷。最后一个同学朗读了试卷末的一句话："以上几题，请任选一题答题。"全班鸦雀无声，足足待了1分钟后。老师开了腔："所以啊，做题并不是一发到试卷就'唰、唰'开始做，先心平气和地大略看一下题目，才不至于这样。""哦"……

　　经过6年的考试磨练，我已经习惯了考试的紧张气氛，也适应了考试的各种模式，我不再惧怕考试了！

感谢6年来教过我的每一位老师，尤其是教过我的任课老师和历任班主任，他们向我们传授的是知识、礼仪、修养，也赢得了我们的尊重和敬仰，尤其是他们那无私奉献的蜡烛精神，永远值得我们学习；感谢与我同窗6年时光的同学曾经给予我的帮助与支持，他们在我遇到困难的时候，用微笑安慰我，用大拇指鼓励我，使我鼓起了勇气，战胜了一个又一个困难。郁闷时，他们的一个笑话就能让我忘记所有的烦恼。我们在球场上为了抢一个篮球，10多个人压在一起，打成一团，可谁也不恨不恼，结束时，大家依然会击掌和拥抱。是我的同学，为我的小学生活充满了快乐和阳光。

这是毕业前最后一门课的考试！我终于回过神儿来，我一定要集中精力，给教导我的老师，给养育我的爸爸妈妈，也给我自己一份满意的答卷，一个没有遗憾的结果。

我的思绪终于收在了试卷上，从头至尾快速扫描一遍，试题的题型都是自己反复做了好多遍的，我觉得一阵轻松，往日的刻苦与勤奋换来的就是考试时的轻松与快乐。我相信，这门课我能考好！

月考前的忧思

下个星期三月考，挂在墙上的钟滴答滴答地响着，提醒着我。

可能是学习的任务确实很多，压力也真的很重，我每天天不亮就起床，每晚都是爸爸催了好多次，我才合上练习题和课本去睡觉的。可每当考试来临时，我还是很紧张，有时感觉有

千斤的巨石压在我的身上。

如今已入冬季，却丝毫没有"冰天雪地"之意，似乎要留住秋天……

出奇的是，小考我也考"暴气"了一回。月考随之逼近，紧张封存在我的脑海里，总是要爆发的。却知哥哥就要订婚了，这是一个轻松快乐的好消息。先不管这些，赶快复习，月考考砸了的话，这个学期的日子就不好过了，所以，我一定要考好。

今天要考试

月考真的就这样到了眼前，太快了，我还没有准备好，或者说，我感觉知识掌握得不够扎实。可是，今天上午就开始考试了。

我今天起得特别早，是我们班第一个到教室的。早到一会可以提前准备一下。老师已经在头天晚上写上了今天的考试科目。今天的第一场考试科目是语文，还好，我的语文知识比较扎实，我的心情在看到语文二字时放松了很多。

预备哨声响了，试卷不慌不忙地从教师手中传递到自己的手中。我先从头到尾浏览了一遍试题，感觉试题比较多，如果做题的速度慢了的话，有可能会做不完。不过，我感觉试题比较熟悉，这稍稍让我有点放心。但是，我又怕速度过快反而把题目做错了，便在审题时打起十二分精神。

我做着题，冷不丁瞭了一眼那目光如炬的监考官。监考官始终像一面望远镜从这边扫到那边，从那边扫到这边，监视着每一个人，像服从什么命令似的。

我是专心做，不碍事，不紧不慢，也就做完了。

做完了，可以舒会儿气了吧，不可以，还得继续复查一遍。

下课的哨声响了。

"交卷!"监考老师用非常严厉口气命令道。

我不想第一个交卷，也不想最后一个交卷，站起来，眼还在试卷上扫，希望做的答案都是正确的，因为，在交卷的时候再发现错误也没有时间改了的，那样会影响下一科目的考试。还好，我没有发现错的。

我打开预先准备好的水，猛啜了一口。

"叽里呱啦……"教室里喧哗一片。

不管他们了，我要准备下一场考试。

月考进行时

盛唐边塞诗人岑参的《白雪歌送武判官归京》中有句千古名句，"忽如一夜春风来，千树万树梨花开"，这名句给多少在困难面前的人带来希望啊!

今天早晨天气晴朗，中午艳阳高照，却没有半点晒意，像春天般温暖。

吃完了午饭后，同学们都不约而同回到了教室复习功课。下午还要考试，老师也早早来到教室，为同学们进行考试前的最后辅导。

下午的考试开始了，每一个考生都捏了一把汗，我也很紧张。拿到试卷后更加紧张，因为，好多题，感觉没有把握。

说来也奇怪，学生考试，家长比我们还紧张，好像我们是

为他们考试，我走出校门后就看到爸爸开车在不远处等我，更可怕的是，爸爸见了我的第一句话就是：明天还有两场考试，赶快回家复习吧！

考试后的反思

这次月考成绩十分糟糕，不知何缘故，原本简单的题目也被我想复杂了，不知是不是过于紧张了。本来懂的题目一放到试卷上，我就变得糊涂起来，不知怎么就做错了。

在考试场上没有仔细审题也是导致考试成绩不好的原因，做题过程中没有缜密的思考，考试时，也没有发挥出我在平时作业时的正常水平。在考试之前，我应该平静一下心态，再去面对考试，以一颗平常心去对待，把月考权当成平常的测验来对待，发挥出应该有的水平。还有，就是在考试时心一定要静，不要受周边同学的影响，保持自己的最佳状态，要产生一种积极乐观的态度。

平时还应训练并掌握一定的答题技巧，从几个答案中选出正确的答案，从而来争取得分的机会，并且要去面对一些突发的状况。

我应该制定一个时间表，把在什么时间应完成的事情完成，先做重要的事情，无关紧要的，次要的后做，制定一个有序的学习计划时间安排表，从主到次，从早到晚，一一收集在时间表中。每一天按时间表办事，不浪费时间，把每一件事都做到最好。

在每一天的课堂上都积极听老师讲课，尽量使自己的胆子变大，掌握学习英语的技巧，提高学习效率。在完成了老师布置的作业以后，我应该复习当天所学过的内容，反思一天的得失，总结一天的经验。并且充分预习好明天将要学的新课程，再做一些课外辅导题，不断积累知识，这样持续做，就等于一天巩固了好几遍，就能把一个点的知识乃至一个单元的知识都记在脑子里。

在学习新知识和做作业时都要有明确的学习目的和正确的学习态度。态度决定命运。在做一件事时，还要关注细节，细节决定成败。无论做什么事上，都要把精细的地方做到最好。在遇到难题时，不要气馁，要对自己充满信心，只要尽力去做了，做错了也无所谓。

阳光总在风雨后。不经历风雨怎能见彩虹？

想不透的问题

我拍了拍自己的脑门儿，跌跌撞撞地从床上下来，唉，昨晚没睡好，我喘了口气，穿上衣服，如往常一般匆匆赶往学校……

我总是呆呆地想，为什么有些人日子过得安适休闲，学习成绩也没有丝毫掉队。这时，时间似乎在我伫立的眼神中过去……唉，又要迟到了，我赶紧进了校门。

我是爱思考的人，但思考多了反而不好，有时，想不通的问题憋在脑中，一直想啊想，直到想出来，可是没有想出来时，我的脸就会发烫，涨得赤红，心里很不踏实。

今天的英语考试我就没有考好，听力部分由我们的外教老师给我们念。这位外教老师是个漂亮的女士，她长着一头金黄而卷曲的头发，高鼻梁，蓝眼睛。她的英语口语纯正、标准，声音富有磁性，口齿清晰，她读的每一道题我都听清楚了。但当我下笔选择的时候就不知道选哪个了，因为，试题选项模样长得都很像。犹豫不决，我乱给他们点谱，心里毛毛的，很不踏实。临交试卷时，我抓着试卷的两只角，收卷的组长抓着另两只角，我狠狠盯着答案再一次地瞄了一遍，像是要抢走我的宝藏似的。

交上卷后我立即找同学对答案，发现自己同别人选的答案不同，很担心，就去问英语老师。老师说，记英语时一定要把单词的字母组合记牢，错一个字母，意思就完全不同了。啊！我只好以后努力了。

又到考试时

昨天夜里，我还曾为考试而担忧呢，可谁又料到，考完试后，心里倒踏实了许多。

有时候，我觉得考试并不可怕，可怕的是做试卷的粗心，不认真。我发觉，当你厌倦考试时，那张纸定是洁白洁白的，雪白无瑕。

我们知道在上一次月考当中，我们班的成绩并不显著，我们在这一次中铆足了劲，全力以赴。

开始考试时，每一位同学都认真审题，教室内鸦雀无声，一颗零碎的小东西掉在了地上，发出刺耳的"嘶嘶"声。不知道是谁掉的，可就是没人去捡它。一束夕阳射在墙上，旁边罩着些阴影，我看到在那发暗的光晕里烘托出一种辉煌。

我们是离开教室到艺术楼应试的。

可是好像没有人不适应似的，一个个像坐在自己的位置上，静静地看试卷……我觉得我们比进中学时沉稳多了，本来爱讲话的同学不闹了，不爱与人相处的同学变得活泼了，不善言语的同学能说会道了……

我们正一点一点拓展自己的视野，向更加广阔的天空，张开翅膀，尽情飞翔！

又是考试

刚进行了一场考试，非常疲惫，可又不得不重新打起精神面对等待着的众多考卷。密密的小字如群蚁排行，处处是陷阱，稍有不慎，就要跌进似是而非的答案里。该死的考试，为什么每天都在捉弄人、折磨人呢？

今夜的星辰为何如此憔悴？今夜的月色为何被云雾遮挡？窗外，是黑旋涡，屋里也只有一盏灯竭力维持着光亮，似乎它也心有余而力不足？

上眼皮和下眼皮已经开始打架，渐渐……我手中的笔"呲"一声掉落了，发出一声刺耳的长圆音。我从朦胧的睡梦中猛然回过神来，一种冷水浇头的意念油然而生。我的头很重很重，就像，就像灌了铅似的。

我实在不想考试的事了，也把"高估"变"低估"，把希望变成渺茫，说的就是希望越大失望越大。只要在学习的过程，你学到了，体会到了，那学习的辛酸苦涩，那学习的满足感，那学习的快乐。其实，学习是一件快乐的事，如享受阳光的沐浴，但是，这考试的形式和考试后的排名方式，把我们聪明的脑袋搞累了，我觉得真的是这样。

老师也是为我们好。在考试前，老师似乎挖空心思去猜

题，设计各种题型，他们也很辛苦。可是，一道道"一题多练"练就了我们的脑袋瓜里只装着试题、方法、技巧，至于生活啊，乐趣啊，思想啊，都已跑到九霄云外了。我想：将来我们长大了，生活是否也这样需要我们小心翼翼，如履薄冰，多用心计，防止陷阱？如果真的这样，天哪，我们的生活会是多么累啊！

　　早晨的雨细如牛毛，打在身上不痛不痒的，似乎是那么脆弱，一碰在身上，就消失了，化成了一团团水渍，只是小得很罢了。我打着从家里带来的伞，在门口静静地等待着。开门了，人群蜂拥般地在门口围堵住了，进了小门以后才各自分散开来。

　　每一个人都清楚今天是考试的日子，我的心里也明白得很，早就抱着一种上战场的心态了。今早两节早读课后，第一次月考便开始了。

　　起初，纸上的字还有些模糊，可是后来却明亮起来了，可是不知何缘故，原本很简单的题目，到了试卷上，我就把它搞复杂了。我想一是我的情绪过于紧张了，再就是，平时训练试题时专找难题做，见了简单的题目反而不认识了。

　　上午在断断续续的考试铃声中结束了，午饭后，两位老师便又讲起了平常还没弄懂的题目。此时的题就如同法西斯的迫击炮，使得我双眼难以持续张开。

　　最后一场考试的开考铃声响了……

　　最后一场考试收卷的铃声也响起了，意味着月考在铃声消失那一刻便结束了。

　　可是，最后一门课考过的次日上午，数学试卷便已改好并发下来了。有人欢喜，有人忧！考得不理想的同学就等着回家吃板子吧！

风　雨　中

很近，很近，很远，很远，若即，若离。窗外此刻还在下着瓢泼大雨，心想刚栽培的小禾苗又要遭殃了，衰微的生命在挣扎着，那雨后的阳光是最好的药方了。窗外天上云如黑烟飘移，笼罩着大地，心中的波浪一轮接一轮荡漾着，无法平息。或多或少，心中有一些苦涩，再过几天，就将面临一次大考。我不擅于临场发挥，但也不见得是缩头缩脑的男儿，这点胆量总还是有的呢，可每逢考试，总会有一种上气不接下气的窘迫感。

雨水正在肆虐地在我眼前挥舞着，冲刷着大地，冲刷着屋顶的瓦砾，冲刷着邻家的阳台，盆栽里的泥土污水股股地溢出来，污黄的泥水占据了整个阳台，直通下水道。盆栽自然要经受这必然的考验，不愿做温室里的小花，寒风腰折，风雨夺头，冷热寻常。

一缕阳光从窗外射在了我的脸上，暖暖的，大片大片的水流在眼前消失，此时的东方出现了一条彩色，那是天上的虹。

随着太阳的迁徙，思虑多了起来，可我忽然振奋起来，若不是狂风暴雨，哪能有今日彩虹？不经历风朝雨暮，哪能有今日万里晴空。想起郑智化唱的那首《水手》的歌词："……他说风雨中这点痛算什么，擦干泪不要怕至少我们还有梦，他说风雨中这点痛算什么，擦干泪不要问为什么……"

大考将至

这个冬季，姗姗来迟，迟得我还没有尽情地欣赏她那动人的冬景，就已经进入 12 月了。正值末冬之际，可这场期末的大考来得太早了，风卷云骤般地在一霎之际跳入我平静的脑海之中，刮起了一阵海风，荡起了粼波。我迷茫地在海雾中，可我相信这一股海风一定能击退。

近了，近了，时间一步步逼近，如窒息般威逼。爸爸有时也会问我："你有信心吗？"我对自己一直都很有信心，但如果针对考试，我就信心不足，因为考试是个有变数的东西，不是我说没问题就能考高分的，要天时、地利、人和，最主要的，是考试的试题自己练习过，临场发挥正常。

爸爸每次都希望我考高分，对我的学习从不放松，爸爸认为学生的任务就是学习，考不好是不可以的。如果，哪次我没有考好，爸爸也不会打我骂我，只是每天送我上学接我放学的路上像念经似地叮嘱我多做习题多看书……

如今，大考已伴着冰风暖灯来临了，我必然要证实我自己，我要和马虎决个高下，我要与粗心争个胜负，我一定不可以考砸！

突击应考

语文今天又考试了，考刚学的文言文，可是因为这篇文言文是分段的，到考时我居然连第一句是什么也记不清了。天啊！

早自习是讲昨天上课还未讲完的内容，没想到讲完落下的课程后，又接着讲昨天的家庭作业，这么一讲又讲到了下课。下课固然好，可是蒋老师却甩下了一句话说："上午的第三节课考试，考试内容就是刚学完的《岳阳楼记》。"考？怎么连早自习的时间也不给我们？真正能利用的时间最多只有 40 分钟！

第三节课的上课铃声响起了，是那样的哀伤。蒋老师像往常一样神情毅然地走进教室。我正准备用蒋老师所说的那 10 分钟去记去背，可惜，可惜蒋老师却又开始讲课了。上课结束之后，时间已大半过去了，我的心潮有些澎湃。终于，可以读上一会儿了，那时我才觉得，能够再多读一会儿有多好啊。然而，现实都不会按我们渴望的那样发展。

考试卷终究是发下来了，我的手不知怎么回事直哆嗦，无从下笔，看着那些熟悉而又陌生的文字，我真不知是爱还是恨。我盯着那些似与我有着深仇大恨的题目，我希望凭靠一些考卷上的提示能回忆起些什么。我想，我一定要做出来，我能行的。终于赶在时间结束前完成了。就是不知这样是否对得起这张重不过 1 毫克的纸。

天上在下雨吧？是的。是暴雨吗？不一定。只要努力看穿它，便一定能看见天空的那一道虹桥，它是那么绚丽多彩，那么的熠熠生辉……

调整考试心态

扳着手指头一算，已经是第三个期中考试了，这个学期已经过去了一半，心情不好，天气不好，考试也不好。每一次考试的结尾部分我总是会出错，因为沉不住气嘛，因为好高骛远

嘛，无外乎这几大影响因素。

　　虽然我没能把试题都做对，但是我努力过了。最可恨的是选择题中在错的里面竟有两道题是我第一遍做对的，在第二遍检查时给改成了错误的答案了，这也是在我考完试之后和别人对答案时发现的。

　　起初，我觉得这是一个坏运气，或许应该不需要或根本没必要检查，可是我很快否决了这处猜疑，检查是没错的，只是学过的知识还没有巩固好，基本知识掌握得不够扎实，当它突然降临时，常使人措手不及。

　　经历了数场考试，我已有了自己的"考经"，在面对考试时，最重要的是摆好心态，在学习的时候，也要摆好心态。只要自己努力去学习了，没有浪费光阴，就对得起培育我的老师，养育我的父母，还有早起晚睡的自己。不要老想着分数。我不想成为分数的奴隶，我要成为真正有实际能力的人。

努力，努力，再努力

　　初二下学期的第一次月考结束了，1/4的历程已经走过，初三即将到来，想起以前的种种，我有许多遗憾，又想想现在辛酸的学习，真的大不如从前了。曾经是那样的学习，那样的氛围，如今一切都牵涉到一年多以后的升学考试，这使我不禁呼吸紧促。学习与生活的步伐似乎快了许多，来不及做的作业，来不及背的课文，似乎又有太多太多的来不及……

　　可是，这样想只是徒劳无用，只有无聊的人才会想这些事来打发时间。我的生活被挤得满满的，仅有的一些空余也需要去想一想下一步事情应该做什么，怎么样才能把这件事做好。

考试考了几次，但似乎每一次我的成绩都不是很理想。几次深究之后发现，应该是对学习没有十分热忱的态度的原因，对不懂的问题没有刨根问底，好像学习不是为自己学的，是为爸爸而学，而不是主动自己去学。我想，只要能够改变这个局面，我应该就能把成绩的重心提高上一个层次，不论是人还是成绩，总不能停留在一个地方吧。人往高处走，人总是想向上的，想改变的，求发展的。

我要努力，在下一次期中考试中，我要争取崭露头角，展现出自己的本色，发掘并发挥出自己还未被发现的潜能，向更大的目标出发。目标不代表全部，努力进取才是关键。我要努力，努力，再努力。

放飞心情

今天，是期末的最后一天，我在心里不断地对自己说："闯练，闯练，什么事闯一闯就过去了。"可是手里不觉又捏了一把汗，都积聚在手心里。

今天还要考4门学科，考完期末考试后便是暑假。一想到暑假，我紧张的心情不知不觉就消失了。暑假真是好啊！去年暑假爸爸带我到北京旅游，看了故宫，登了长城，还去了北京大学和清华大学，还到天安门广场观看了升国旗仪式……今年的暑假，爸爸会给我怎样的惊喜呢？想着想着，我的心情就快乐起来了。这是一个好兆头！精神放松，心情愉快，我就能够正常发挥水平，我就会考出好成绩。平时我学习是非常用功的，我的知识面还是比较宽的，只要有好状态就可以了。

昨天考的几门课感觉都不错，今天还有4门要考，这有什

么好怕的，考试后就可以玩一两个月的时间，太舒服了。

早上考数学，8 点开始，9 点结束，下午再考社、政两门，各是 70 分钟。

上午考数学。说来奇怪，以前考试，我生怕考不好，很紧张，这一紧张，还真的就没有考好，这次考数学，我的手在写着，头脑同手一起思考着，心情却在唱歌，因为今天考试后就是暑假，老师也没有机会给我们大堆的作业了。不知不觉，试题一会就做好了。不考 100 分，也能考 99 分的了，因为，每道题都很有把握！最后一场考试交卷的铃声响了，我很高兴地把试卷交给了老师，感觉整个人快要飘起来了。

同学们边收拾书包边大喊尖叫：放暑假了，放暑假了！我也跟着叫了起来。这时班主任老师走上了讲台。同学们赶紧坐回自己的座位，但大家都各自忙着收拾东西，没有人抬头听老师讲。我只记得老师说了一些暑假安全事项：暑期安全防范措施，优秀少年的七大优秀品质，问题少年的七大拙劣品质，还添加了暑假计划这一内容。为的就是我们能更好地过好这个暑假。不过，老师最后的几句话说得很好，同学们一听就来劲了。大概意思是希望同学们学得好，玩得好，长得好。最后还要求我们在家要养成好习惯。

是啊，好的习惯集中在一起就是优秀！

我的暑假我作主！

成绩出来了

2008 年上学期、也就是初中二年级期末的考试成绩出来了，好想知道结果。爸爸开车送我去学校。

"啊？快8点了，老爸，加速，休业式快开始了啊！"是的，今天是初中二年级的休业典礼。

还好，到学校门口的时候刚好8点。我匆匆忙忙跑进教室，惊慌失措地找到自己的座位坐了下来。刚坐定，新来的班主任老师就叫了我的名字："虞晓波"。身上仿佛打了一个激灵。"4科主科成绩是年级前列。英语99分，数学99分，语文98分，是单科的第一名，科学是96分，历史与社会90分，思想品德90分，这次期末考试总分每科都是100分，总体看是不错的。"听完老师的一番夸奖后，我高兴得差点没跳起来，我想冲出教室，把这个好消息告诉在学校门口等好消息的爸爸。爸爸听了一定比我高兴，因为，他把我看得比他自己还重要。

考了好成绩自然很开心，当得知我们原来的班主任因工作关系调离的消息时，还是好舍不得。他教我们的英语，我之所以有今天的好成绩，与他的鼓励分不开。学生是知道感恩的。刘老师，谢谢您！

过了暑假，我就要升初三了。

想到自己要上初三了，初中就要毕业了，我忽然不想在暑假里去旅游了，我想上几个学习辅导班和兴趣班，因为，我想在初中毕业时给自己一个满意的评语。

　　学习就像建大楼，一定要打好根基。为了开发思维，我要求爸爸给我报了几个辅导班。爸爸偷拍的这张照片就是我在辅导班上自习的情景。照片前排左起：华江波、我、杨国剑。华江波是我的同班同学，杨国剑是比我低一个年级的绣湖中学的校友。

第三章 学习的乐趣

背 课 文

我并不认为自己特别聪明，因为我的记忆力并不好，特别是记忆数理的化学公式，更是一筹莫展。面对繁琐的公式，我要背很多遍才能记牢，而且还要经常温习。

能入中学语文课本的文章都是专家们千挑万选的适合中学生阅读的名篇，如果能把所有文章都背下来并能理解文章的意思的话，语文就学好了。上中学后，语文老师要求我们背课文，好多同学都不喜欢，认为背课文是死记硬背，我却不这样认为。因为我觉得背课文就是把词汇和语句的用法都记住了，是语文学习的一个好方法。所以，我对背课文比较有兴趣，但是，我今天却没有做好。

老师昨天布置了背诵课文——《大道之行也》，并且做好默写准备，我却把这事忘了，今天早上在上学的路上忽然想起，不由觉得很慌张。早读课我就大背猛背，参加升旗仪式后我又接着背，还是没有背熟。

语文课上，蒋老师真的让我们默写《大道之行也》了，"故乡户外而不闭"中多添了一个"也"字，成了"故乡户外而不闭也"。看来，背书也不是一件容易的事啊！

补 课

前两天学校举行了运动会，我参加了长跑和跳远两个项目的比赛，没有得奖。热爱体育，贵在参与，有没有获奖并不重要，重要的是在参与的过程中，同学们给我使劲喊加油，我在

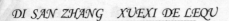

这加油声中体会到了同学的友谊，增加了我的集体荣誉感。

运动会后，我们又将主要精力投入到学习中去了。没有人能真正帮助自己怎么去学习，怎么去考上一所自己理想的高中，我只知道，首先，我必须先做一个优秀的初中生。

今天天气很好，风舒舒爽爽的，吹在身上清清凉凉，我似模似样地伸了一个懒腰，驱赶走了一身的疲惫。虽然今天不是星期六，但是我还是去刘老师家去补习英语。我的英语底子薄，如不抓紧跟上，就会被甩下了。

我是7点30分到那里的，已经迟到了。我赶紧以刘翔的速度冲上了二楼。刘老师家已经来了不少人，我不敢出声，悄悄坐在了最后一排。刘老师先让早到的人预习新课文，等同学到齐了再讲，所以，迟到的同学都会很不好意思。

忙碌的周六

今天老爸没有喊我去上学，我正纳闷，妈妈走到我房间说，今天是星期六，你还去上学吗？我这才想起这个周六要补课。

反对应试教育的呼声在80年代一浪高过一浪，后来就出来了个"素质教育"的词儿。我是1994年出生的，是祖国90年代的花朵，可是，我和我的同学都没有享受到素质教育的阳光雨露，我们依然在学校升学率、考试排名这些名目的威逼下拼命，读啊读，写啊写，算啊算。

为了分数，我们终日在忙碌着。每个周五老师就把周六和周日的任务都布置满了，想过双休，做梦去吧！这个周五的安排更让我晕，周六补课。

在课程表上，从上看到下，要补的科目里竟没有一节是语、数、英、科这4门主课之外的。

第一节是语文课，是上《背影》这一篇课文。蒋老师刚喊完"坐下"，同学们一下子都坐下去，屁股只想和椅子粘合着，不分开。蒋老师一如既往上着课，只是神色中略带着些不安和焦急。不安的是静死一般的课堂没有一个人举手发言，焦急的是蒋老师说这是一周当中最忙碌的日子，或许这真是这样的。断断续续，也总算拼凑成一个完整的课，也上完了。整个上午过去了以后，留在我脑中的也只有"上课"与"下课"了。

午餐时，擦桌子又该轮到我了，好不容易忙完了，回到教室又得去擦黑板了，不要说那蒙了我一脸粉笔灰了，还有一大堆上午布置的作业等着我去完成呢。

一张两面印的英语周报，刚刚做完，打盹了10分钟，我又翻开数学书。合上科学作业本，刚想小憩一下，又被那该死的响铃吵醒了。

下午又是知识的车轮大战和文字炮弹，还有考试练习，炸晕了我的思想，麻痹了我的智商，烤糊了我的大脑……

唉，昏沉沉的脑袋，足足有10公斤重，走出教室，天是歪的，地是斜的……哈哈，对面围墙上赫然写着"素质教育是中国教育的根本"。

我晕！

忙碌的周日

今天是周日，这一周在紧张的学习中学了6天了。该休息一下了，可是，早晨才7点，爸爸妈妈就把我从床上拉了起

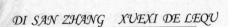

来。我一想到老师布置的作业就蹭地一下从床上跳起来，直奔向书桌。那一摞摞作业高山般堆积在我的书桌上，如同堆积在我的身上。

我先翻开考试模拟试卷，先做语文试卷吧，语文试卷比数学容易些。我仔细地读着语文试题，试卷上那黑色的小字都如一只只无头的苍蝇在耳边嗡嗡地叫着。好不容易做完了语文试卷，正准备出去玩一会，却看到试卷左上角还写着两行字：写英语小作文一篇；单词自主学习。我想，其余的先不急，先把"英语小作文"这一项做完再说吧。

终于把这篇英语短文写好了，真的该到外面转悠一圈了，正想走，就听见楼上喊："小波，快拿上拖把把地板拖一拖。"我重重地噢了一声，嘴巴张得老圆，发出了个长圆音。刚拖完地，地板还混漉漉的呢，我正躺床上喘着粗气，正好看见了挂在墙上的钟，两根针都指在 12 点，吃饭时间到了，终于可以休息一会了。

"吃了饭赶快把剩下的题做完，明天还要上学呢。"爸爸吃过饭还要去工作，走前交代了好几遍。我也不好意思偷懒的了，赶紧做数学模拟试卷。啊，需要铅笔来画图，咦？我的铅笔呢？我的尺子哪去了呀？我在桌上桌下急忙地找着，不小心推倒了凳子，头又撞在了书桌上，手在底下乱摸，一不留神，手又碰到了桌上的一大摞书，全都陆陆续续齐刷刷倒在了地上。

乱套了！我赶紧收拾好一切，静下心来开始做题，奇怪，竟然没有遇到难题。试题做完了，天也黑了，周末也就这样在忙碌中度过了。

上　学

也许是白天太累了，吃了晚饭我就睡了，第二天早晨竟然睡到自然醒。睁开眼睛一看，啊！6点多了，我赶紧收拾好昨天做的试卷和作业本，放进书包里，喊爸爸起床。

要在平常，爸爸早就起床了，爸爸揉着惺忪的睡眼嚷着说："今天是不是还是星期日呀？"我曾在某个星期天催爸爸送我去上学，在妈妈提醒下才知道，那天我把周日当作周一了，害得惊醒了爸爸的美梦，弄得爸爸好几次都提起这事来。可是，今天，却真是星期一啊，我可是刚在昨天的下午做完上个星期的周末作业啊。

爸爸终于紧张了起来，赶忙从床上起来，开车送我去学校。今天有雾，淡淡的，似给大地蒙上了一层薄薄的雾纱。街上卖早点的特别多，我最喜欢吃那家老字号的小笼包子，爸爸下车买了一笼。

我下了车，同爸爸说了声谢谢就往校园内冲，刚进校门就听见学校的广播播出的消息：今天学校在操场上播撒种子，为了保护场地，取消升旗仪式。

我赶紧跑进教室，看看窗外，太阳渐渐升起，雾气在消散，那清晨的阳光好迷人，好迷人……

上　课

期中，呵，已过去了一个星期了，教室里又充满了浓厚的学习气氛，有的是希望，有的是工夫，一切化为"0"重新来过，可能有的人会再在同一个地方摔跤，而我不会，永远不会。

老师的精神里注满了活力，我们似乎也比以往更加认真了，树影婆娑，风声飒飒……

我的身后，是一排瞩目的眼睛，关注着我，心中似有尖锐的铜铃声在摇曳着我的内心。我要奋斗，我要进取。下课了，好多人都出去了。我茫然无视，继续做我的作业。一串清脆铃声后上课了，我安静地听老师讲课，生怕遗漏一个关键词。我努力听着，哪知我突然想上厕所，一门心思胡思乱想只等下课，哪能听进去多少呀。我魂游太空大半会儿，这铃声终于顺从我意，我无可奈何地熬过了这最后一秒钟。终于解脱了，浑身一阵轻松。在回教室的路上，路过排名榜时心一阵冷颤，为什么我努力过了，认真过了，还是没有拔尖儿？这是什么原因造成的。

我走出教室，冰冷的阴风凉了我的脸，我的心突然沸腾起来，原来我并没有掌握这一只小舟，任由大风吹它而摇摆不定，我这样做只会"死读书、读死书、读书死"，书上有现成的答案的，如顺口溜一般流畅，一脱离书本，便一问三不知。

我该把学习与生活结合起来，多学、多问、多思。

生活处处有语文

语文，人文社会科学的一门重要学科，是人们相互交流思想的工具。它既是语言文字规范（实用工具），又是文化艺术，同时也是我们用来积累和开拓精神财富的一门学问。

语文是进行表述、记录、传递口头或书面信息的文字言词

的物质存在形式；语文是描述事实、引证思维、陈述思想、表达意志、抒发情怀及改造事物和思想的信息定位的一种意识存在内容。

在我们的现实生活中，语文无处不在。我小学报名的第一天就用上了语文。老师让我来个自我介绍，其中的听、说、读、写就是语文的一部分。同学们一起玩，交流的过程就是语文的一部分，我们要向老师表达我们的要求、目的，用文字表达的过程就是语文的一部分……

由此看来，生活离不开语文。

语文教学活动有听、说、读、背、思、写、辩、演8个基本元素。老师在上语文课时最重视的是听、说、读、背、写，我们每天都在运用的了。

语文是百科之母，其他学科也要通过语言文字理解和掌握，其他学科所表达的定理、公式、事实、规律等都要借助语言文字，并且能够运用语言文字将自己理解掌握的这些知识和思想表述出来。学习、掌握、表达的过程都离不开语文，而通过语文（有时加上必要的操作）就能理解和表达这些知识。所以，要想学好其他学科，首先要学好语文。

如果不会运用文字表达，很难想像如何在这个文明的世界生存。

生活处处有语文。

我不能屈服

时间过得真快，一晃眼，两个星期又过去了。

我在开学初的考试中没有考好，名字没有在前5名出现，觉得对不起天天接我送我的爸爸。但是起点低并不意味着我是差生。

大凡成功者都会经历无数次失败，无数次挫折。只有汲取每次失败和挫折的教训，才会在通往成功的路上不犯同样的错误。

我已经是一个初二的学生了，我已经知道自己该做什么，我相信，这个起点不高的开头对我是一个警钟，是一件好事。我会重新审视自己，找到自己与别人的差距，然后赶上并超过走在我前面的每一位同学。

我相信，我不是只笨得飞不起的小鸟，我要像海燕一样在蓝天翱翔！

走好每一步

入学已不短了，却觉得似乎过了好久好久，下的苦心似乎更重了，一个个都是咬着牙龈坚持着。"万事开头难"，总是这个道理。

周围的气氛异常凝重，将迎来入校的期中考试。为了弥补第一次月考的失败，我们铆足了劲，迎接这场风暴。我们不会苟言残喘，我想也绝不会是强弩之末，我们会以实力在头顶创出一片天。

要是在上课时我们少一些杂音，聆听老师的讲课，我们会避免一些不必要的懵懂；要是我们学习的态度认真些，也会少些对问题的困惑；要是我们再少一点浮躁，耐得住寂寞，许多误解不会产生。要是你努力过了，你会看见水波倒影中的七色彩虹……

只是过多的幻想，不过是支离破碎的梦罢了，想起那句感人肺腑的名言：不要看着远方就忽略了脚下的路，再猛烈的冲刺你也要踏好最后一步！

是啊，要获得成功，就从这一天这一时这一刻这一分这一秒这一步做起……

同学们，开始行动吧，行动起来吧！

我们班的"背书热"

这个学期，我们的英语老师兼班主任刘志超老师要求我们背诵英语课文，而且每节课都会用不同形式抽查。在班主任刘老师的督促下，我们在无形中便养成了背书的习惯。

在刘老师的鞭策下，同学们早上都很自觉地比以前早到教室几十分钟，而且一到就开始背英语单词或英语课文。

我的英语基础差，但是我学得快，背起英语课文来，也挺快的，只要给我充足的时间，我就能够背得十分熟练，但在全班前背时，总会有些紧张。

上个星期四我又被刘老师叫上去抽查刚学完的 M11 的 U2 的课文。这篇课文比较长，有 5 个小段，刘老师开始抽查时，我还没有背熟，但我预感到我会被抽到，因为刘老师抽查都是挺有规律的，都是一列一列抽或者是一个小组一个小组地抽。

果然，刘老师叫了我的名字。我赶紧站起走向讲台，感觉脚步重心不稳，心里有点慌。更糟的是，当我站在讲台上后，脑子里忽然一片空白。不行，我不能让同学们笑话，我不能让刘老师失望。我终于平静了下来，重新看了一眼课文，再次背诵起来。说也奇怪，在周围嘈杂声中竟然越背越顺，其中，我还注意使用时间合理。在背完第二段之后，老师提意让我背最后一段，终于，一个单词不错地背下来了。

我长长地舒了口气，好高兴。

或许这其中许多同学是因为老师的督促才会下劲背英语课文的，但是，我发现背课文真的是一种很好的记单词的方法。单词记得多了，英语就学好了。

新　学　期

过新年是好多人期待的事情，因为，过年的时候都会放假，亲人可以团聚。我在上学前和读小学时，特喜欢过大年，因为过年可以回老家放炮仗。上初中后，我对过年的热情就不高了，因为，寒假一样有好多作业要做。

今天终于开学了。路边的梨花吐絮了，一串串，微风吹来，树影婆娑，在这忽冷忽热的空气里傲然挺立、生机盎然。春天真好啊！开春不久就能看到百花开放了，还有翻飞的蝴蝶。

同学们的脸上都带着笑容和快乐，感觉老师还是老样子，脸还是那么严肃，好像比上个学期还要严格，不过，感觉每位任课老师对我们都更加关心了。这个学期是初二的第二学期，读完这个学期就要升初三了。同学们都自觉地比以往到得更早了，我也要加油。

雨　季

正式上课这一天的前夜，窗外下着滂沱大雨，邻居家的窗

户被狂风吹得呼啦乱摆，发出"呼呼"的声音。电视里，正在报道连续5天内沿海地区将有大雨和暴雨，此时正为夏秋转换季，提醒广大市民及时增减衣服……突然，电视屏幕一下子黑了，大概是短路了吧，我望了望窗外婆娑的树枝和摇曳的绿叶。

第二天，走出家门口时，只发现门口处有一条长约1米的小水沟，我趟着水过去了，四周也尽是随目可见的大大小小深浅不一的水坑。看来，昨晚下的那场夏雨够久够大的，它还消去了炎暑，迎来了凉秋。

踏进校门时，人已明显地稀疏了，我也肯定迟了。可是这并不是我的缘故，而是爸爸，算了，老爸接送我也是劳苦功高了。在路上，我碰到了谢武晨，当然，他也迟到了。我们俩一起约定比赛谁先跑到教室，因为我的书包过沉，他和我一前一后抵达教室。当走近教室的时候，书声朗朗，和其他几个教室的读书声连成了一片。可能是过了整整一个初一，同学们都长大成熟自觉了吧。

我灰溜溜地快步走进了教室，不敢耽误每一分钟，因为每一分钟都是宝贵的。时间如流水，就看你怎样去分配利用，计划使用。

我在我的位置上坐了下来，感觉身边的一切仿佛都变了，似乎热爱学习的氛围更加浓重了，紧紧地包围着我。我也毫不犹豫地拿出英语书本来放出嗓子大声地读书。读书声如滔滔不绝的江河翻涌……

那大滴大滴的水珠似乎听懂了，了解了我们的言语，都如掉线的珠链般一颗一颗往下掉。霎时，雨如牛毛细丝，如圆珠斗大，雨不休止地下起来。校园里似乎安静了，不知是雨声淹没了这雷声轰鸣般的读书声，还是雨水吸附了部分声音，使声音减小的缘故。

风声，雨声，读书声，声声入耳；家事，国事，天下事，事事关心。

书声朗朗

小跑在校园的路上，校园晨读已经开始，而且书声朗朗。

学校领导说，晨读要引领学校的学习氛围。晨读要老师们积极的参与到学生中去；老师说，晨读要做到培养学生良好的读书习惯。

晨读成了我们学校的风气与独特的风景；晨读成了同学们喜爱的乐曲。

我们班的同学是晨读队伍中最积极的集体，因为我们在晨读中学到了知识，体会到了快乐。

学习，学习，再学习

初二快结束了，同学们都很努力学习，我也在这浓厚的学习气氛中充实着我自己。

语文名篇我都会背了，英语几乎每篇都能背下来，数学练习也做了好多套，感觉自己的头脑里有东西了，老师提问时心不慌了，因为，无论怎么问，自己都能说出想法来。

学习真的可以让一个人自信！

期末考试的日子越来越近，我每天都是很忙碌，很充实，很快乐。我的脑海里没有杂念，只有学习，学习，再学习。

希望的翅膀

自我呱呱坠地后，我的爸爸就对我寄予了很高的期望，只要同龄孩子能做到，我的爸爸也相信我能够做到。

想起将要上小学的那个夏季，爸爸领着我四处找学校，经熟人介绍，我终于走进实验小学那间老师将对报名生进行考察的教室。记得当时教室外学生和家长已经排满了，正等着测试，不知过了多久，我终于可以进去了。可当时我却胆小地不敢进去，最终还是被强壮的爸爸生拉进去了。这个教室不是很大，里面摆满了各种稀奇古怪的东西，至于考试项目，我也忘却了，只不过拼图和堆积木是一定有的。我从小就倍受呵护，缺乏独立能力，哪见过这么多老师目光灼灼的阵仗啊！于是刚开始我就吓得尿了裤子，只得一边哭一边做这个"任务"。结束后爸爸被叫了进去，得知我是被选上的倒数几名，爸爸对我大失所望，可对我却没什么话好说。

自上了小学之后，同学们也并不疏远我，我的成绩也与日俱增，可总在大考中失利……后来，我看到了这样一个童话故事：

一只雄健的老鹰盘旋在一片浩瀚似海的森林上空，呼吸着清新的空气，此刻，它正俯冲下降，靠近着这片原本和谐、安祥的土地，伺机捕杀猎物。突然，它向一个树上的鸟巢冲扑而去，霎时，一只刚学会扑扇翅膀的小黄莺鸟被那犀利的鹰嘴叼悬在空中，命悬一线。小黄莺鸟使劲地乱舞动翅膀，可是被鹰爪紧紧地抓着，根本无法动弹。终于，小黄莺鸟伸脖一啄，这一啄真是恰到好处，鹰脚被啄中，鹰爪也松了，小黄莺鸟终于得救了，也用它那并不娴熟的翅膀摇摇摆摆飞回了巢穴。

　　这对希望的翅膀真是打动了我。只要努力，没有什么事情是办不到、做不好的。我要像小黄莺一样在磨砺中成长啊，多少挫折，多少泪水，都将积聚在我的内心，伴我成长……

ZAI MENGXIANG ZHONG CHENGZHANG
在梦想中成长

　　我喜欢绘画，美术老师说我的画想象丰富。照片中的我正画一幅准备参赛的作品。

第四章　第二课堂

军　训

（一）夜中心语

这个夜，有些发凉。

我心里猜想，大概是刚才那场急来的雷雨，有些沁人心脾的凉吧。夏季的雨就是这样，急来即去。

这一天我一直在想发生在学校里的事，我的周围出现了多少新鲜事物，生疏面孔。走进714班这座圣洁的殿堂，认识了亦庄亦谐的班主任，他姓刘。他也说过，进入了这一个教室，便容不下污言秽语，更听不得吵吵闹闹。我明白，身为一位初中学生，耐不住寂寞便也读不好书。

坐在书桌前，望着窗外，听着天籁，提着笔，想着事，听着内心深处的倾诉。

这一天的破晓时分是正式军训的第一天，期待与担心像糨糊一团儿，期待迎接对自身的一种挑战，担心对自身的不自信。我想，有这么多的同学一起集训，力量源于团结。

这一夜，夜空中没有群星点缀，没有一轮明月，却有舒服的凉风。希望被风一拂，在心中萌芽。穿上了中学生的校服，进入中学，不一样的人，都为着一个目标奋斗前进！

这一天，进了中学，步子迈大了，肩更重了，长大了。

这一天，我是中学生，该努力了！

这一夜，云更浓了，夜更深了……

（二）入学新生的喜与忧

军训的阅兵式将在今天隆重举行，初一的 16 个班都将集中在操场上……

我想起了军训以来的很多。7 天来，我们冒酷暑，顶曝晒，熬过了魔鬼般的训练。汗珠划过脸颊，流在嘴里，又咸又涩；汗水润湿心田，留在心里，甘的、甜的。我始终明白，我们的汗水不会白流，两军相逢，勇者胜。我们从军训中学会了忍耐、坚强……

阅兵式上，我们心中充满了勇气和胆量，迈着有条不紊的步子，喊着荡气回肠的号子……

放学了，我背着一包新书，快慰地踩着自己的"音符步"。第一周的双休日即将开始，我一定能做好。我希望第一次做周末作业做得优秀。想着想着，我差点把眼镜碰到电线杆上，来个亲密接触。我暗自怨我是倒霉鬼。

我赶紧回家做作业，为了不涂改错误，我先在草稿纸上写了对应题目的答案，然后才工工整整，认认真真地抄上去。可马有失蹄的时候，还是有些小小的错误，令我懊悔不已。

我想着，在以后的中考可不能有字迹模糊，粗心大意的症状。为了中考，我一定能改掉这些毛病。

慢慢长路，有多少石子要去铺上，有多少熄灭的灯要去点上，更有多少懵懂的谜等着我去解开……

我为学习奋斗。

（三）军训进行时

"一、二、一……"那个威严的教官正领着我们 714 班的

"武将"们在宽阔的篮球场上精神地迈步。我们这一群初来乍到的新生，都是从各个不同的小学聚在一起的。想当初在家里，可都是些"招风唤雨"的"小皇帝"、"小公主"，哪一个受得了一大早在烈日下曝晒的苦呢？

此时，口令与哨声织成一团，我们穿着统一的服装，一致的步伐练习队列。骄阳似火，晒得我汗流浃背，后背和衣服紧粘在了一起。平时细皮嫩肉的我一见太阳天就爱躲在家里看书，不愿出来。自然，没练多久，我就累得不行了，体力透支，难受得随意晃动。

教官却要立军姿。这教官说是姓吕，两张大口，真没姓错，一训练起来，就像要"吃人"似的。我撑着，好不容易才到了休息时间。在我酷热难忍时，想到了前一年参观某部队在军训场上训练时进发出来的感想，写的一首小诗：

　　　　军训场上，战士们雄赳赳、气昂昂。
　　　　从这头望去那头，
　　　　从那头望到这头，
　　　　一排统一的步伐，
　　　　一片绿色的新装。
　　　　喊着口令的军官，
　　　　体格健壮，
　　　　"一、二、三、四——"，
　　　　口令像枪击一样铿锵。

　　　　军训场上，战士们立军姿，挺胸膛。
　　　　从这头望到那头，

从那头望到这头，
一条笔直的丝带，
一块流动的绿钢。
喊着口令的军官，
声音洪亮。
"一、二、三、四——"，
口令像号角一样在山头回荡。

我擦干汗，咽了口唾沫，润了润干涩的嗓子，在心里说：
军训考验耐力，磨炼意志，锻炼身体。
不经历风雨，怎能见彩虹！

毛店之行

（一）初闻消息

嗨，这天气啊。可全是老天爷安排的。这不。老爷们儿呵了一阵风，就风雨齐下。我呀，去毛店的心情也被这天气冲坏了。

这几天，连着一个星期，有好多消息从刘老师的嘴巴里传出来：什么书画比赛啦，去毛店采茶啦，要培养自强自立的精神啦。其实中国的炎黄子孙大半都胸怀大志，缺什么呀？就是缺意志力，敢于向困难发起挑战的拼搏精神……

当时我刚得知要去劳动基地搞什么"忆苦思甜"的活动时，还认为那不是真的呢。掐着手指算一算，这愚人节才过去几天，怎么又开起玩笑来啦。想必这里面一定有什么猫腻。不

料，学校还真计划开展体验活动了。

今天放了学，我们家那辆熟悉的私家车停在我的面前，我本想问爸爸，一进车门发现是哥哥，自然就问："哥，你中学也去过劳动基地训练吗？"哥哥说有的。我的心里有了几分底。想必这劳动学习也是生活的一部分吧，我想着把这只当做追求高尚、雅趣情操了，可……

刘大班主任开口了："依照通告，在训练中拿不到'劳动积极分子'将会与当年的'三好学生'无缘。"我一身寒悚！劳动？我可是"四肢不勤"的人呀！唉，我只能向老天倾诉：假如我在以前能少一点依赖，多一些自己的事情自己做，少一点"饭来张口，衣来伸手"，多一些自主生活，假如……

早知如此，何必当初！

（二）初来乍到

这只不过是一次劳动锻炼，还没有要难舍到和自己父母亲告别的地步。在炙日的映照下，每个人都满头大汗。不错的，这只是劳动开始的前兆。

我们在滚烫的灰色花岗石上坐了好久，个个都像枯瘦的花朵，汽车鸣笛声从远处传来，霎时精神饱满。进入车厢内，人不拥挤，还好，没有那种腐霉的气味，可是车在满是人头攒动的空间里显得狭小了些。动荡的车厢里，没有人懊悔，摆脱了在家中那份显摆惯了的娇气，摆脱了在学校那没完没了的作业，也该像大人一样生活、学习一段了。

车徐徐地向目的地驶去，周围的人似乎都没有讲话，似乎都静静地等待着毛店的来到。也许是车的引擎发出的声音太嘈杂的缘故吧，没有人愿意说，也没有人愿意听，只在自己的心里想象着，想象着……

　　车一路行驶在高速公路上，路边那些花花草草、苗圃田野、村庄溪流，那一切一切平凡的事物都似乎被装在小小的眼球里带走似的。车沿一条曲折的山路驶入山坳，"毛店"等字样的牌子出现在我们的面前。四周翠山环抱，天明水清，啊！这是天然的劳动基地。我的腿已经直不起来了，颤颤巍巍地下了车。

　　夜来了，我在心中解读着谰语，家里甜的已经不再回想，这是在山区的第一天，心里有些愁怅，有些苦涩，但对这样的生活十分好奇：高楼不复存在，空气愈发清新，汽车声不再此起彼伏，鸟鸣声清脆婉转……

　　周围已是黑漆漆的了，我的毛店生活从此开始了。

（三）涉足大山

　　在山里已经整整待了两夜，这种麻木的心情我也无法理解，今天我们又走进大山，感受到了真正的野外生活。

　　下午，我们一队人浩浩荡荡地朝着农舍周围的一座最险峻的大山前进。高大的岩石被浓密的松树丫叉挡住了，山势较为陡峭。这也许就是刚才那位劳动基地指挥员所要讲的内容吧，我的心早就不在那儿了，满脑子全是山啊，水啊，树啊，草啊，还有那些干枯嶙峋的散落的大树。

　　一路上，戚老师和黄老师都和我们一块前行。路是不成形的，是田野间的小路，路边杂草茂盛，坑坑洼洼的地方差点把我摔了一个趔趄。我们绕着较为曲折但还算平坦的路一级级往上爬，看到不知名的物种，黄老师就告诉我们那是桑葚，那是杨梅。我们爬了山坡以后，倍感疲乏，连续几个山坡，我们已经迫不及待地等着休息了。可一看路还长，怕落队，又是急忙跟上去，耐着性子。

周围的景致已吸引不了兴趣了。天是不热的，关键是爬山累。可要是山区里的孩子们，每天鸡刚鸣就得摸索着下山去上学，一天两个来回，一年 365 天，有 700 多次来回。我不禁为山区的孩子叫苦。

远方在两棵杨梅树的映衬下，显出一块牌子"杨梅基地"。杨梅刚泛着细长的绿叶，在微风中酝酿着夏天的硕果。哦，我们也如古人望梅止渴了。在山上，尽是崎岖险坡，稍不当心便有可能摔下山去……

下山时，各人显出疲乏，差点都被石头摔倒，正所谓是"上山容易下山难"哪。

（四）采茶前谈

春意渐浓，令人窒息的严冬早已不见了踪影，清爽而柔和的春风阵阵迎面扑来。街道两旁的行道树在太阳光的映衬下愈发繁茂了，鸟兽虫鱼们都出来了，云儿轻飘飘地在空中荡漾，飘移，一派诗情画意……这确实是让人惬意无比。

学校里发来通告：为磨砺青少年独立自主意识，培养坚强意志，初一新生将要去劳动基地采茶。不论目标是什么，出去见识见识山区的生活是怎样的，就已经对我们有非常非常大的吸引力了。我对茶园生活感到异常新奇，也许吃的是地地道道的山里饭，那滋味……也许想象和实际生活中的根本就是两码事儿。

嘿，今天一班到八班就要出发了，我在这儿就算是向他们预祝了吧：带着一脑子的见识回来。还真巧，今个儿还是愚人节呢，原来还以为这一天去采茶是广播里胡乱说的呢。后来想想，广播里怎么会瞎闹呢，这是在中国啊，可不是西方。嘿，可真傻，不管怎么说，下个星期五我们也得整装待发了，而在此之前，一到八班的同学们已经率先开始他们的山村生活了。

我们厉兵秣马，等回来时劳动教育基地的老师们一定竖着大拇指称赞我们学校。

（五）第一次采茶

"云深不知处，只在此山中。"我正蹲在茶树环抱的新绿之中，拾掇起散落在周边的茶叶。茶林中发出一阵清脆的响亮的声音，这是自然的呼声，这是美的天籁。我起身环视周围，起伏的浓郁的绿色，绵延在山的那头，犹如一块翠布铺满了山坡，是那样的柔美，那样的舒展。一种崇尚劳动的美在这刻的心中泛滥起来。

在明绿的阶梯上，人头攒动，头上戴着的草帽，正如一朵朵明黄色的小花跳动着，跳动着。天气越来越热，每个的额头上都滚下了汗珠，要是这次没来采茶，我或许正在炙人的热日下大口大口地喝着冰镇过的乌龙茶、红茶、绿茶，不知道多惬意。我霎时感受到了我的无知和对劳动人民的不尊重。

一声号令，我们又从四处汇聚到了一起，无一不是脏身、泥巴脸。现在我倒觉得劳动胜于懒惰。

回到教室里，所有的茶叶全部都汇聚在一个箩筐里，几乎都漫过了箩筐口。可想而知，那近上万次的掐捏，就这么一个细小而平凡的动作，就为自己的努力带来价值。这是我们的成果，我们的骄傲，虽然不是很多，但是我们相信自己尽力了。

我尚未喝过用茶叶泡的茶。听父亲说茶叶茶能提神解毒。

茶叶又可分谷前茶、明前茶等，是有着丰富的历史文化内涵的。

今天，通过自身的采茶劳动，深刻体会了茶的芳香是劳动人民的汗水结晶。

我未等泡出第一杯茶，茶香早已令我陶醉。幻影中，我便是那一片嫩茶在开水中沉浮……

（六）拔 河

今天，我们在集体劳作休息时又有新内容了，8个班准备在茅草地里举行拔河比赛。一声令下，各个班立即出现在了指定的场地上。

看着相邻的兄弟班几个彪壮的同学，心里一阵寒颤。可这又不是一对一的"单挑"，而是集体的力量抗争。若是比恒心，比毅力，比集体的团结心，那一定是我们略胜一筹。

随着一声清脆的哨声，两个班激烈的比赛开始了，一个个如怒发的牦牛，涨红了脸，粗暴青筋，使劲地往后拽着。"赢"是唯一的目标。场上气氛异常高涨，可是我们的心情却十分焦急，刘老师因为上课回到城里去了，我们失去了主心骨。群龙无首，人心或许没有先前团结了。

下一场就要轮到我们了，此时刘老师恰好回来了。我们在精神上顿时一振，浑身充满了一股震慑人的力量。可是为时已晚，刚开局没几分钟，我们的力气没往一处使，纵然大家憋足了劲，使尽了力气，还是以失败告终。也许是没有经历过，经验过少，可是我已尽力了，又经历了一次"输"的滋味。

拔河是一项简单的传统体育项目，深受广大群众的欢迎。但貌视简单的一项运动，实则可小中见大。诸如团结、心智、精神等，都在这项运动中得以彰显。

陶 艺 课

（一）去劳技中心途中

这一天，我怀着平常的心态去学校，一路上没少催促老爸几句。6 点 50 分到教室的时候，人已经大部分都到了，以为是迟了，后来才知道 7 点到校才是最佳时间。老师还是希望我们能够迟一点来，在家自主学习。

两节早读课后，老师突然说要去劳技中心上陶艺课。我们惊讶了，却不知是该笑还是愁。大约 11 月下旬，我就要去考试设计 B 级了，其中副项中就有考陶艺的科目。班主任刘老师特意要求我们在上陶艺课时要非常认真，这是一个难得的学习机会。我们收拾好了书包，便排好队到篮球场上集合。

早晨 8 点，我们迈着大步踏着晨露，感受着空气带给我们的舒爽，朝目地进军了。一路上，走走停停，跑跑走走。因为来这里已经是第二次了，所以对一路上的建筑都有所熟悉，估摸着也应该到了。

正在这时，我发现前面的队伍又停了下来，以为是个红灯，便往前看去。只见一辆似装载着货物的车停在了一家开门营业的地方。那是一家银行，料想便是运钞车，更触目惊心的就是站在车四周保护安全的持枪民警，冰冷的武器，威风凛凛。时间不长，也就两分钟左右，几个人就把大量的财物转移进了银行里，12 个持枪警察也随即关上后车门。被阻断的队伍又继续畅行了，那辆所谓的运钞车也消失在车流人海之中

......

一天到头埋在书堆里，反复学着那些枯燥的知识，真不知道古代的李白、现代的鲁迅他们少年时是怎样学习的。学陶艺目的是为考好，唉，从没有体现过艺术的熏陶。倒是这一路上，也许一年到头却是这样的情景却让我耳目一新，让我倍感生活的多彩。

(二)"泥中作乐"

今天轮到我们班随着老师去"劳技中心"。

没想到这一程是那么的累，中途又是跑红灯，又是经过建筑工地、娱乐场所。同学们个个是惊险好奇，惊险的是怕砖头砸下来砸在自己头上，好奇的是娱乐场所的内容新奇。劳技中心便在无数次奔跑和停顿中到达了。

穿过一条长长的道路，绕进学校的大门，便到了教学楼。我们紧接着被带到了陶艺教室，按着顺序走进教室后，便可发现四周的墙壁上不很干净，一团团黑色的黏状物附在原本雪白的墙壁上，现在它们已是硬巴巴的了。料想便是泥巴了——这教室里必不可少的原材料。

我们都并不恐怖陶艺为何物，也不知陶艺家与工艺家的区别。这里的陶艺老师也是著名的陶艺家，给我们讲了许多种陶艺方法：捻法、捏法、盘条品法。在老师述说完毕后，终于该我们动手了，他还给我们立了"小人协议"呢。"君子协议"是动口不动手，"小人协议"为动手不动口，要多动手少动口。

我先捻了一个实心的似球的形状，然后用大拇指捻了一个孔在这个球内，后又做了一个和这个一模一样的，把两个都粘在一起，合起一个完整的空心球体。可是因为球体的碗口处过于薄了，没有连接好，使得两个半球还依旧是那两个半球，没有一点儿想连接的意思，又一不小心，全掉地上了。我只好在清理了地板后，再一次做这个空心球，然后再装饰成一个陶的艺术品。可是天不遂愿，一次又一次，一直到下午才做好它。

中午的饭菜倒是满香甜的，可是等的时间过于长了点。啊，终于体会到了饿的滋味了。下午，我们又用第二种方法做了一个陶瓶，要用泥条搭围成一层一层的，呈瓶状。陶艺主要是创意而不在技巧，可是最后，却因为欠缺基本的技巧，没有粘牢的缘故，最终坍塌了，成了一堆断碎的泥条或泥球。

离开时，我还看了看那放在墙壁隔层上和放在讲台上的模型，那是学生中做得最好的了。我相信，下一次我也能……

（三）陶艺设计等级考试

我正躺在床头，依旧在台灯下反复朗读着我将要考试的理论部分。离临考大约只有 10 个小时了，我的心也随秒针一格格走，怦怦地跳动着。我几次都差点睡过去，想起来还真有些后悔，要是真睡过去了，我可真无法应付第二天的考试了。一想到考设计这项目的人数达 100 多人，我便紧张起来，一点也不敢马虎大意。每一个人心里都想得到一个"A"。

第二天很快就来临了，我被爸爸早早地叫了起来，拿起早已准备好的材料与工具匆匆上路了。因为第一个考试项目就是理论部分，连手中早已买来的早饭也忘了咬几口。到了考试地点——艺术学校时，虽然时间离考试还差一大截，可是早已有数不清的家长在校门口静静地为自己的儿女们布署考试的事情。巧得很，蒋无为和他的妈妈也已早早地来了，便和她搭讪了几句。一会儿，便又各做各的事情。爸爸在再三的担心和我的催促声中离去了。刚进入一个陌生的学校，连找个试场都很困难。在经历了"漫长"的寻找之后，才发现自己要找的目标就在近处，而自己却兜了一个大圈。找到班级之后，我找到了自己的座位，是最后一个！

真正的考试开始了，考试时间竟然只有 45 分钟，可是当考试卷发下后，才发现考试题出奇地少，而后的海报设计正中我的心意。午饭时间，爸爸因为有事而不能来接我，我不怪他，因为爸爸太忙！下午是自由创作，在纸塑和泥塑中选，我选了陶艺制作，因为我们刚好学会了做泥巴，两次劳技中心之旅，真没白去！

班主任刘老师说，人在这时候的命运全掌握在自己的手中。好的初中升到好的高中，好的高中升到好的大学，也会呈现出不同阶段层次的生活与学习。

悄然将至的美术 B 级设计考试

今天已经是星期三了，离我即将要考的美术 B 级设计类也只有三四天的时间了，并且只有课余时间才是真正练习的时间。

在此之前，我就从爸爸口中得知了上义乌中学就一定要得到三个"A"，没有 A 做后盾的话，就是再高分数也与"义中"无缘。就是从那时起，爸爸便开始琢磨了，不仅要考虑我的学习成绩，还要放心思在"A"上。

如今美术 B 级已悄然将至，也许我不应该紧张，要以最好的心态去发挥最好的水平。可是望着一页页长长的设计的通知知识部分，我不禁犯了难：总共有 13 张的内容，不仅要记住自己应该记的设计内容，还要会其他所有有关美术摄影的知识。可是为了能够更好地应考，在此之前我要为此次 B 级考试做好充分的准备。

因为是考设计的，所以说创新与想象能力要十分丰富，并且能够扎实，临场发挥时才不至于过于紧张而出错。在我看来，"混水摸鱼"是妄想，因为在这一次考试当中，设计考生人数是各门 B 级美术考试中最多的，所以淘汰率是很高的，没有非常高的质量是无法在考试中彰显拔尖的。

还有一点，就是设计中的副项要做陶艺是我最担心的了，因为陶艺这方面我实在无法估量。因为在小学阶段，我刚好选学了线描，而陶艺教室还刚好就在线描教室的斜对面。偶然的机会，我们那个教线描的老师告了病假，就去陶艺教室玩泥巴了，这时我才真正发现自己的陶艺水平真的平平出奇。

在这几天中，我一定继续努力，争取在考试那天取得好成绩。我相信"磨刀不误砍柴工"这个真理。

一次科技制作

去科教中心途中，我的心里免不了有些埋怨，悻悻的，也不知其他同学的心情怎样。这是本学期第一次去科教中心，我心里免不了有些许的揣测，猜测着这学期中唯独的这几天，应该是怎样度过的。

到了科教中心，我迫切地想知道我们将要走进哪个教室，将要做怎样有创造力的手工。这样，我才会觉得这一路奔波不会白费。走进了三楼角落里的一个教室，也许大家是过于兴奋了吧，同学们一窝蜂似的，教室门口水泄不通，一时半会还真

进不去。

　　终于进了教室，一个面容熟悉的教师映入我眼帘，几架飞机模型被放在桌子上，料想今天便是制作飞机模型了。因为我在小学时曾去学过一个学期的科技制作，并且也去参加过一次航模的比赛，地点是母校的操场。开课后，老师便开始讲起了航模的有关内容，不经意间，这位航模老师发问："空模与天模有什么区别？"我的名字一下被随机抽到了，我站起来支支吾吾地说："天模就是在天空中，空模就是在空气中……"更意外地，我竟回答正确！唉，或许是傻有傻福吧！

　　这一连串的事情迫使我又看了看这个老师的面孔。听着他讲课，我突然记起，原来这个老师就是绣湖中学教航模的老师。在去年，我报名参加伞翼飞机培训，那次这个老师还借了砂纸给我呢！

　　教科中心的事情真的令我快乐，也确实与上次有许多不同，使我学到了许多许多的知识。捧着手中的两件飞机模型作品，我倍感欣喜。可在回去的路上，我不小心摔了一跤，这两件精美的作品便都报废了。虽然我很痛心，但还是把它们扔进了垃圾箱。

　　爸爸批评了我，虽然我知道他不是为了那两架飞机而痛心，只是为我一时的失误而担忧，像上次长跑测试也是一样。

　　失误或失败是常有的，谁都会犯过错，只要牢记这次的教训，不再重蹈覆辙就行了。改正并且不再犯，这样的失败便成了一艘快艇，它的彼岸，就是成功。

我的航模生涯

（一）选择航模比赛项目

因为我是被爸爸寄以重望的人，所以我担负着为家人、亲人争光的重任。因为在此之前家里人几乎都没有多少知识文化，是"往来皆白丁"。期望越大，心理负担也越重。读书也不仅仅是为个人而读了。

爸爸的期望便是让我第一步先考上义乌中学，以后的事情便好办了。所以初中考高中便是一个坎，三年的努力便看那一天的了。可是不仅成绩要上分数线并且要三个"A"，就是市级以上的奖才能得一个"A"，并且种类还受到限制。

听到航模获奖能得"A"，又想到小学时曾经去学过一学期的航模，我便毅然选择了参加航模比赛这个项目。想参加比赛，就要参加航模比赛的学习班。这一天中午，我迟到了，原因是值日，这是有原因的，在这里，便不多说了。去了以后，其他同学都已开始动工了，有的正忙着找剪刀，有的正急着粘机翼，忙得不可开交。我赶忙拿出材料来做，因为是第二次做伞翼橡筋飞机，只能拿出别人的模型依样画葫芦，没有十成把握，也有八成吧。我仔细地对照飞机上的每一个零件，试图使飞机能够在空中停留更久的时间，可正当我快要做完了，周围一个一个的人都出去操场上试飞了。

等我做好了飞机模型，那个老师却已经回来了，同学们也解散了，我只好等到明日再来做……

唉，好事多磨。

（二）下次，我一定要做得更好！

嗨，别提了！本以为考完试后可以放松几天的，没想到考试后第二天清晨 6 点就被从梦乡叫醒，还要 6 点 30 分准时到学校的科技实验室。

我挪了挪身体，使自己在车后座上更舒服些，闭上眼睛正想眯一会儿，"晓波，学校到了，快下车，爸爸还有些事情去做"。现在正值初夏之际，东方天边发白，还不热。我顺利地来到科技实验室，因为在考试前一天，我就已经来过这里了。

到了 7 点钟，人才全部到齐。因为小学时去学过航模里的"橡筋飞机制作"，于是我便迫不及待地想要开始了。可是负责这次学校去杭州萧山参加航模比赛的何老师却不慌不忙地发了两张制作船模的说明书。望着说明书，我想，既然我选择了海模，那么就必然要和这些船啊、艇啊、水啊打交道了。

这叫什么事啊，老师竟让我们航模的男生去旧的教学楼去搬桌子。搬桌子时我的力气一时没用对，差点摔倒。"唉呀，谁来帮帮我啊。"我的手在桌边乱抓，刚好抓到了一个有棱角的地方，终于抓稳了。"好庆幸啊。"我被嘘出了一声的冷汗。

回到了实验室，老师已经开始发制作所需的基本工具了：一个工具箱、剪刀、螺丝刀，接着就把所要比赛制作的"乘风号"的器材发下来了。我们 4 个人为一个小组，看着包装盒上的模型，似乎是挺简单的。因为我的电学不是很好，我一看到有关电的工具、用具，就连细小的电线也犯怵。

我小心翼翼地拆开包装盒，发现细小的零件真是难以预料的多，我感觉真的挺麻烦。我不动声色地观察着和我一组的其他 3 个人，他们都不约而同地先从包装袋中拿出电机和所需材料，开始动手了。我也依样画葫芦，也循着他们"钻研"起了电机。装了好一会儿，依旧是没有头绪，怒火中烧，额上也冒起了汗，连手中的工具也不由自主发颤。可再看看周围的几个同学呢，一个个都像内行似的，专注地摆弄着手中的工具，没多久，一个电机就装上去了，虽还未成形，但已有模有样了。望了望，旁边没有人看着，我就拿着手中的"残骸"向旁边的小师傅请教，明知无人注意，脸却烧得发烫。好不容易在自己的努力和别人的帮助下完成了，不过终究有种"画虎不成反类犬"的感觉。这样的东西，装上电池后又能开出怎样的成绩呢？

　　所谓内行看门道，外行看热闹，看着别人驾轻就熟的本事，我自叹不如啊。我是最后完成的一个男生，刚刚将模型放下水，打开开关后，螺旋桨竟然不会转了，我急得似乎水波都震起来了，碰了碰螺旋桨，竟又能转了。可准备不当，放偏了，只得了 40 分。第二次虽懂了些技巧，也只得了 60 分。总共是 200 分，而我却只有 100 分，真羞愧啊！

　　下次，我一定要做得更好！

（三）做任何事情都不容易

　　"嗯，大家都到齐了吧，那么就听我口令一齐开始吧，现在是 7 点 20 分，开始!"说话的是负责我们这个比赛的领导人——何老师，他的皮肤黝黑黝黑的，鼻梁上架着一副四方眼睛，一副铁面无私的样子，连平时多话的同学如今也怵他三分了，不管怎么说，他也算是"元老级"的人物啊。

　　我又看了看老师那张生硬的面孔，低头专心摆弄着自己刚使用过几天的工具，拿出船模的各种配件用剪刀一个一个小心

翼翼地剪下来。时间一分一秒地流逝，一切都这么顺利，我正往主船体上贴水线时，旁边一个声音吼道："你怎么会这样的，叫你先装轴承，你怎么又来贴线，有没有记性啊，你这个人。"我被老师批评得手发颤，只见那何老师就如阎罗判官似地皱起了眉头。我恨不得把它给熨平了，可是我现在只能做好手上的工作。我仔仔细细地对照着说明书把一个个零部件组合成一个整体，可是每一个步骤都需要花费我很多时间，一不小心就弄错了这个，搞坏了那个。霎那间，一个同学装错了一个零件，在旁边叫了一声，我的手也随之抖了一下，把胶水都倒在了甲板上。此时，整个教室都轻悄悄的，只有个别同学在发出很小的唏嘘声，没有任何做海模经验的我竟然一时冲昏了头脑，天真地想用手去擦掉甲板上未干的502胶水。刚才那个大叫的同学已知道了情况，满怀歉意地叫住了我，可是已经来不及了，我的手已经伸出去了，已经触及到了甲板，又湿又黏的，我赶紧缩回了手，在空气中不一会儿就像在手指尖上结上了一层痂似的，紧紧地贴在皮肤上，好像和皮连成一片了，用另一只手摸一摸，真像老奶奶的手啊，粗糙极了，可无论怎么用力，也擦不下来。

　　用这双粗糙的手终于也做好船的主用板，时间已过去了一大半，我向别的同学那望了望，他们已经快做好了帆，已经开始绑线了。现在已经9点钟，再有40分钟就要交作品了，我只能硬着头皮做下去了。看着周围的同学们一个一个地离开座位，又小心翼翼地把自己的作品交给老师放在桌子上展示，此时的我已经心生急躁，顾此失彼了。做帆的时候已经是按着自己的感觉做，根本不得要领，正当我准备把帆安上去，准备要绑线时，老师大喝一声："停，时间到，把做好的作品交到讲桌上来，依次标号。"等同学们几乎都走光了，我才姗姗来迟地将作品交了上去，不仅超时了半个多小时，而且把胶水洒遍了整艘船，差点没把老师的手给粘住。然后老师又把我的错误一一讲给我听，希望我引以为戒。

　　唉，真的是做任何事情都不容易啊！

（四）赛前心情

　　在学校航模训练班已经过去了 10 多天了，马上就要奔赴杭州萧山比赛了，心中不免渐渐起伏不定起来。

　　这几天，学校大门口附近的一排老房子周围都拉上了电视里才有的警戒线，起初我并没有发觉，后来才注意到了，并猜到可能是要造房子了。不出所料，一走进教室，每个同学都在纷纷议论，想象着我们的学校究竟会变成什么样子。

　　崭新的高楼，整齐的课桌椅，一切都是新的；聪明的学生，知识渊博的老师，热情地打成一片；读书声、欢笑声、讲课声，声声相融，孩子们个个都胸怀大志……"嘿，虞晓波，你这船模被撞翻了。"我这才低头看，只见我的船模的零件早已支离破碎，连那可怜的用板也摔碎成了好几段，我把它们一个个都装进了自己的工具箱，拿出了自己的备用零件，重新耐心地一个个组装起来……

　　航模训练接近尾声时，何老师在讲台上宣布："相信大家也都知道了，校门口的学校建筑正准备拆迁，你们早上来和放学离开的时候尽量都走后门，后门都知道的吧？好，可以走了。"随着何老师那并不温柔的话音一落，大家都收拾收拾，一哄而散了。

　　尽管老师这么说，可我还是毅然选择踏上去往前门的路，

因为不管怎么说，我总不能让老爸在前门等着吧。站在跑道这端，抬头望着陪伴着绣湖中学成立至今而一直矗立着的那片房屋，看着那裂迹般般的砖瓦，就像他的年岁一般，就像校门口的那棵梧桐一般，那么沧桑，那辉煌……可是如今它们都要消失……

不，它们不会就此被它们曾经服务过的学生老师所遗忘，大家都会记住这个地方，珍藏这些美丽的回忆……

我也是这个学校的一分子，我也要为这个学校留下一点记忆。即将到来的航模比赛就是我们的大好机会。

（五）这一天，大雨滂沱

这一天，是临去杭州萧山的最后一天了。此前，多少份挨批的辛酸滋味已屡尝不鲜了，多少滴咸涩的汗水已在训练中被航模池中的池水淡化了……每每早晨来了之后就拿出自己做好的"乘风号"或"扬帆号"到门口航模池练习调试，有好多次我都是早早来到学校，调试、调试、调试……

这一天天气晴好，阳光灿烂，我第一个来学校准备训练。池水在阳光的映照下波光粼粼，金光灿灿。"好，我的劈波斩浪号，冲！"我小心翼翼地把艇放入水中。"不好！"我的手把艇碰歪了，直直地往右驶去，眼看就要撞壁了，它竟来了个左转，一点点地转回去了。"Yeah，到达终点，得90分，真不愧是劈波斩浪号。"不知过了多久，水中那股强光渐渐消失了，老师和学生大部队也都来了。又调试了30分钟后，老师宣布让我们按比赛程序在40分钟内制作并调试好一艘"乘风号"。"现在8点，到8点40分准时测试。"

老师话音未落，我们便迫不及待地拆开放在桌上的包装盒，开始了与时间的较量。训练了多日的我们心里十分清楚，做乘风号的速度一定要快，这样才有剩余时间去调试。据说，比赛那天，有上百人挤在两个航模池中，若是没有速度，可能一次试航的机会也没有了，那样的话也就危险了。这样想着，手中的动作似乎也加快了许多，毕竟这是比赛前最后一次做乘风号了。咦！我的手怎么在颤抖，没法控制住了，手中的螺丝刀也不听使唤……

"OK，只要装上电池，再贴上电胶布就完成了。"我差点喊出声来，好不容易找着了电池，安上电胶布，试着开启开关，螺旋桨却纹丝不动，我紧张起来了。难道是电机没用？那可真是白费劲了！我用手指触动了一下螺旋桨，希望只是接触不良而已。螺旋桨飞快地转动着，发出示威的"嘶嘶"声。

来到航模池边，已经有五六个人了，这时，我发觉天阴沉沉的，看来是要下雨了。得抓紧时间了。我看了看表，已经过去了 10 分钟，那么还有 30 分钟调试时间。我把舵调得直直的，挤入挤满了人的航模池正中央，却歪向了左。第二次又调舵后在中间放行，却歪向了右，这样的航行记录真让我一筹莫展。我看了看表，只剩 5 分钟而已了啊，我只能硬着头皮再试航了 3 次，终于在后两次开始正常了，可是依旧有些向左偏的趋势。

测试开始了，首先是男生试航，似乎都开得不是很好，天空中突然飘起了雨丝，滴落在脸上清爽沁人。当报到我前面两个男生名字时，雨已经有些大了，我们不得不站在走廊上观看。"虞晓波""啊？"到我了。我拿着自己的"劈波斩浪号"走进了雨的世界，没一会儿，就打湿了我的衣裳，水面都泛起了涟漪。我把艇有意识地向右歪了歪，路程过半，它又转过头

来，直冲100分。"Yeah!"真不愧是我的劈波斩浪号！

接下来的第二次试航也在豆粒大的雨滴中进行，我的"劈波斩浪号"不负厚望，获80分，在总成绩里是第三名。我的身上都湿透了，可我对即将来临的比赛信心更足了。

大雨浇湿了我的衣裳，却浇不灭我如焰火般的昂扬斗志！

（六）今天，我们出发

时间已经来到了2008年7月20日，我们按老师的要求，把准备的洗漱用品及换洗衣服都装在书包里带着，准备出发。遗憾的是，我们只能住在学校里，不过只要能获奖，付出多大的代价都行。

首先在平常训练的教室里集合，老师先让我们在航模池边训练一会儿，等车来。池边围着很大一群参训学生的家长，有的正给着生活费，有的正告诫儿子当心点，比赛要放轻松。我希望不再依赖父母，被感情所羁绊，于是我混入人群中，祈祷着爸爸妈妈快走。无奈听到叫我的名字，只好又顺从地接受爸爸妈妈给我的生活费。

爸爸妈妈走以后，老师又让我们在做过的所有的船模里挑出最好的"乘风号""扬帆号"各一艘，准备带到杭州，让那里的专家指出不足，再加以改进。虽然何老师面生嘴硬，不过还是因希望我们能获奖而事事细心。最后又翻检一应工具是否齐全后，我们便各自准备好自己的行李，兴致勃勃地到航模池边的空地上集合。所带的行李真是花样百出，有的装满了零食，有的带了相机，实在装不了，就用特大号的旅行箱在地上拖着走，遇到楼梯了，又只好使出吃奶的劲，可是还需老师帮忙才顺利"登陆"。走出学校的后门，一辆蓝色条纹的大巴已等着了，我们便蜂拥而上。我们本想按原定计划商量好的几个同学坐在一块儿，可是这么一闹，全乱了，只好见空便钻了。

心情激动的我直接把书包撂在了座位上，运气还不错，和我同座的是一个高高瘦瘦的男生，我问了他是几班，但他只是望向窗外，好一会儿回过头来："我吗？12班。""哦……"

我在车厢里十分兴奋，车开得越远，我似乎越兴奋，这一个多小时的车程在我眼中却显得如此之短，从头到尾，我的目光一直停留在去往萧山的风景之中，是那么清秀，那么新鲜……想着要与家乡分开几天，虽然有很多的不舍，可世上有很多事都要单独去面对，不能事事依赖着家庭，依赖着父母……这样想着，我便有了信心去面对萧山不一样的时光……

车驶进了萧山市，十一高级中学，有股强而猛烈的斗志迸发出来，血液迅速流动着，似有似无的一种高亢的声音："萧山我来了！"

（七） 比赛即将开始

20日临近中午时分，我们到达了心中早已渴望已久的比赛地点杭州萧山县。窥见我们的目标所在的地方，每一个人胸中都承载着一颗激动兴奋的心。在即将比赛的餐厅里我们等了许久，好一会儿，老师才领我们去宿舍。一路上，遇到了许多在校补习的高中生，而我们则迫不及待地冲向学校宿舍，里面的室温似乎骤降了许多。我们三三两两拼成一组，住在同一个宿舍。

这里的宿舍令我想起电视里所见的大学宿舍也大都是这样，下面是桌椅，要供学生们学习娱乐，而上面呢，则是床铺。我选了一个靠近窗户的床铺，把将近一书包的零食塞近了

衣橱里。4 个人便在一间宿舍里聊了起来，只见一个同学被空调吹得直发抖，其余的同学都哈哈大笑起来，顿时欢笑声充满了整个屋子，连吃午饭都给忘了，门外传来了老师的叫声："快来拿饭票吃午饭了。"一屋子 4 个人蹭蹭地从床上下来，跑到老师那儿去抢饭票了。

到了餐厅，只见这里几个盛菜的窗口都已经人满为患了，好不容易才装上饭菜，竟然还有饮料，闻着香喷喷的饭菜，我真是迫不及待地吃了一口。啊！真美味啊！现在，我真想上高中，连这样的高中环境和伙食都这么棒，那么我们知名的义乌中学还用说？向四周环望，在餐厅的周围几处都有电视机，让吃饭这一普通的日常习惯变得生动有趣起来，不再枯燥。

回到了宿舍，门都关了，等了好久才有个阿姨拿着一串钥匙来开门了，这时我才发现门上的猫眼都通了，里外都能看得一清二楚。一打开门，冷气扑面而来，当开门的那一瞬间，我看见了门上的号码"312"。

饭后无事，4 个人全都坐到自己的床上，突然，老师在走廊上让我们去 308 房间集合，我们便一个个陆陆续下床。走进 308 房间，只见一屋的人把老师围得水泄不通。原来老师要我们把参赛证填起来。拿到参赛证后，我们便回房填起来了。又等了好久，老师来收参赛证，说到时候才发给我们，省得我们弄丢了。

我们一个个爬上床，准备午睡，可是怎么也睡不着，满脑子都是想着比赛的事。面对比赛我充满了疑问：比赛什么时候开始？在哪里比？比赛了，我又会不会因为心情过于激动和兴奋出错犯糊涂呢？

在这种冥想中，时间随着思绪不知不觉过去了一个小时。

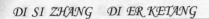
有一种冲动，我十分想下床去，不料，同寝室的几个同学们也纷纷醒来，他们也都和我一样紧张着吧。想去问问老师，午睡什么时候结束，后来，老师才对我说今天是不比赛的，虚惊一场。我们都被老师给吓死了，都埋怨老师不早点说出来。不过现在也好，可以利用这一个下午来调整心情，适应环境了，然后再来面对这个比赛。

就这样，一天过去了。

（八）冷静，冷静，冷静！

休养了一整天，不，倒不如说是紧张了一夜，兴奋了一夜，躺在床上辗转反侧，彻夜难眠，在心里期待着天明，期待着比赛快点来临。

终于，终于来临了，此刻我们正拿着将要用的工具和备换的模型在寝室里厉兵秣马，整装待发。心正忽上忽下地砰砰直跳，我抑制不住了。比赛在早晨 8 点 30 分开始。这时老师在走廊上喊起话，让我们集合，准备入场。

餐厅门口围满了人，他们的脖颈上都和我们一样挂上了参赛证。一想到要与这些人，这么多人进行一场比赛，心中真是十分地紧张，有那么会儿，走也紧张，腿肚子在颤抖着，坐也紧张着，心里空虚着，直冒冷汗。我们绣湖中学的全都坐在一块儿。此时大厅里也坐满了人，场面呈焦灼的状态：裁判员还没有发令，已经有些同学开始做小动作了。不一会儿，裁判员过来检查并且在"乘风号"的主板上编号。看吧，那边那个同学就被发现了，那个裁判员严厉地像一头狮子向他咆哮着，要他重新拆下来，重新再装过，要不然就逐出赛场。这么严厉的裁判员，更使我心中发毛。

　　冷静，冷静，一定要冷静！心中有那么一阵声音在呼唤着。突然，哨声响了，预示着比赛随即开始了。我拿起早已准备好的工具开始忙活起来了。顿时，偌大的餐厅里只有同学们制作手中的模型的声音。终于完成了，看了看表，才过去了7分钟，现在我的心情也渐渐平稳下来。我直冲水池，只见已经有几个同学在那儿了，我赶紧开始试航，周老师说过越早开始调试越好，人多起来，就没有机会再去试航了，人终于填满了整个房间。

　　比赛，终于开始了，我们依次排着队放下自己手中的模型到水中。嗨！一个，二个，全都过去。第二次了，啊，再过一个就到我了，看见原本成绩不理想的同学都获得了好成绩，我心中有了些压力。到我了，放下水时不小心碰到了螺旋桨叶片，在这里乘风号也正向前方驶去，可调好的乘风号却向偏右的地方一点点偏去，眼看就要撞上了，最后撞到了前方的角上"60分"。我的心凉了一大半，就我而言，60分已经是一个相当差的成绩了，我已经没有信心再去面对第二次的测试了。可理智让我继续前进，第二个航模池就在旁边，没有想到何老师就坐在第一个航模池边监督着我们，还直说第一次往哪边歪的就向另一个方向放。我早就知道是往右稍歪的，于是我故意左歪了点，果然，乘风号又一点点歪向了右边，"80分！"这虽然较第一次有了提升，不过也不太好，总分为140分。我的心忐忑不安……

（九）这一夜，真难熬

　　比完赛之后，我又开始关注其他同学的成绩来了，留了下来，在一旁观看女生的比赛情况。我在旁边望了许久，发现得

分普遍都不是很高，可是这也只能说明我们学校发挥不好啊。不过，后来得知有一个女同学得了第二名，是铁定有奖了，我并没有嫉妒她，只是为自己的失利而不开心。

回到宿舍后，只见同寝室的三个同学正坐在下面的凳子上唉声叹气呢，而且刚一进门，便问我"开了几分"。我也毫不犹豫地反问："你呢?"旁边的一个同学替我回答了，"他140"，其余两个人便不再作答。其中一个同学说："哦，我最低了，才130啦。"另一个同学也附声道："他最高了，160啦。"他指着坐在床上的一个同学说。"160肯定有奖了。"我信誓旦旦地说。而那个开了160的同学却说："不一定的啦。"他越是这么说，我便越觉得无地自容，也不知道是为什么。"如果连他都没有的话，那我们就没希望了。"这句话似乎敲醒了我。

"所有人都到308房间开会。"正当我们陷入黑暗中时突然传来这样一句话。所有同学都赶去了，原来是老师准备记成绩啊，我故意慢吞吞地在一旁听着每一个人的成绩情况。读到第一个成绩，老师的面容就变一个花样，真是比天气还会变啊，不过是不笑比笑多多了。有些同学可能是不愿受老师批评，一报完就开溜了，幸亏老师下面已没有事再说了。

回房以后，我还是难以睡着，满脑子都想着比赛的事，想着要是多开个20分我就不必担心了啊，想着我为什么那么紧张，一切的一切，现在想起来唉……

如果这一次没有获奖，那么得"A"将不再有机会，如果这一次没有获奖，那么1500元费用将是打了水漂。整晚整晚都想着同一件事，冷气固然冷，可我还是一阵一阵往外冒汗，可恶自己当时没有取得好成绩，虽然下面还有两场比赛……

这一晚，爸爸从义乌打来电话，我十分开心，但当问到比赛进展是否顺利，我却无言以对了。后来爸爸给老师打电话，希望老师开导我，我倍受感动。虽然有许多烦事，但在这一刻已化为乌有了。管他呢，这次不成，下次再努力。

第二天一早，一场新一轮的比赛开始。早饭回来，老师告诉我一个天大的喜讯，我的 140 分已经得奖了，"A"已经到手了，不必再顾虑忧愁。

我自然是乐开花了，但还是听从老师的教导，调整心情，放手去比下一场比赛。

（十）胜利返乡

这一天，所有航模比赛都已经结束了，我们学校所参加的航模项目取得了不凡的成绩，只有一人没有得奖。这几天来，我经历了 3 个比赛项目：空气桨快艇航行、电动帆船拼装制作、电动帆船航行。当最后一天比赛结束后得知我获奖的时候，我这颗心终于放了下来。我暗想，自暑假开始，每日到学校刻苦训练，现在终于有了回报，我取得了 3 个比赛项目的奖励。

坐上了回义乌的大巴，心中是一层接一层兴奋的浪潮。因为老师要留下来替我们领奖，要在萧山多留一天，我们全都欢悦地跟何老师告别。这一天心情与来的那一天的心情真是截然相反，来的那一天，几乎吃饭走路都在担心，而今天当我背上那书包准备回家时，却感到如释重负，完成了任务要解脱了一般。

一路上，老师在向我们汇报着比赛名次，我还是认为自己发挥得不够好，没有淋漓尽致地展现出自己 20 多天来努力的成果，不过就把这次的比赛当作我人生路上的一次历练吧！一路上，我都望着窗外，目睹了从萧山到义乌这段的景色，我突然有一种冲动，想打电话给爸爸妈妈，我想那时爸爸一定是在校门口等着我呢。时间一点点过去了，离家乡义乌也越来越近了，一路走的都是高速公路，车上同学们似乎都放松极了，有的女生还拿出扑克牌来打，不过有的还是安静地坐在座位上做自己的事，看看书，等待着，等待着看见自己的父母……

车还未到学校，有些同学已经中途下车走了，自行回家去了。现在，我什么都不想了，心里却异常平静了，真想快到学校门口，和爸爸妈妈回家，向他们报告喜讯。

车停了，下了车，我在学校门口却不见爸爸妈妈的影子，正当我百筹莫展时，爸爸和妈妈都来了，还从车上拿下西瓜给我吃，原来他们是为了买西瓜给我吃，才迟到了啊。

人是离不开家，是离不开亲情的。

我要更加努力了！

"爸爸，妈妈！"

体育达标考核

下午是体育课，往常我对体育课都是满怀企盼的，可是要是到了真正考试的时候，我就不那么愿意去跑去跳，心率也加快了许多。当踏上那黑色的已经受潮的跑道时，看见那体育老师的胳肢窝下夹着的那本子，就是往常每一个学年的记录各个学生的成绩的。后来才从老师的口中得知，原来是义乌市要在我们学校进行健康中学生的调查，项目就是跑 1000 米，并且男生要在 4 分 50 秒之内达到终点。我的腿已经开始打颤了。

幸亏老师提议主张"女生优先"，一下子把我快要出窍的灵魂给收了回来。女生跑完全程的时间到了，一个个陆续跑到终点。我们男生也随即站上了跑道，我们心里都清楚一个原则：快。我们都靠得拢拢的，都不愿意自己和别人拉开太大的距离，都往内道里挤。只是运气不佳，开场秀就是一个大跟头，裤腿半边都已经被泥土所占据了。我忍着痛站起来，平静了心态，随着体育老师一声口令开始像跑道的那一头疯狂地冲去……

中间路程，我不停地呼气与吸气，曾经被人因体力不支而靠着我休息。我坚持着，但是他超过了我。我孤单地跑着，只是看起来是如此地缓慢，似乎一阵风就可以把我吹垮……

最终，我的成绩超过了及格成绩，等待我的将是明日的阳光……

集体舞比赛

星期五这天，已经为集体舞比赛练习了好多次的我们早已跃跃欲试。一个再平常不过的上午之后，11 月下旬的太阳渐渐地与地面垂直，午饭时间到了。当指针刚好成一个平角的时候，操场上球场上都出现了数组正在练习集体舞的班级，一个个正在太阳的照射下耀武扬威地操练着……

听老师说，我们班被分在了第二组，可第二组里个个都是实力很强的对手，在这一集体舞比赛的项目中可是花了很大的血本的。老师又说，我们也是非常努力的，集体舞比赛在中午的 1 点就开始了，在这段时间内，我们一定要做好充分的准备，因为要是被评为末 4 位的班级，就要单独反复练习。到那时候，不仅要丢面子，还要花成倍的时间了。为此，在前一天，班主任刘老师已经对我们的训练进行了"检阅"。为的就是能让我们顺利"过关"。

"一二一、一二一……"体育老师那不成熟的口号回响在方队中与四周，反复练习着进场与退场应该注意的事项。一次次地抬步，一次次地跳动着那大众的舞动的姿态。体育老师一同教我们班和兄弟班级——13班，每次当体育老师评价说13班跳得比14班好得多，或14班跳得不整齐，我们都会感到非常气愤与不服气。

终于到了比赛的时刻，前一组的班级的确跳得十分整齐、优雅。我使出了全身的力气，想象自己是一个集体在舞蹈，而不是个人。团结是伟大！团结是力量！音符跳动着，我们随音乐而舞动着，最后画上了一个完美的休止符。

学秧歌舞

"哈哈，这也算是舞蹈?"我指着操场那些人正做着的在我看来不堪入目的动作，忍不住发笑，对其他同学发表感言："呵，你看，他们的动作多么滑稽。"他顺着我指着的方向看去，先是笑了笑，接着却又神情严肃地说："看来我们也大事不妙了……"

现在是下午的第一节课。太阳悬挂在半空，似乎是一天当中精力最充沛的时候了，它努力地把全身的光芒投射在大地上。我们像是离群的牛犊，两个一群、三个一伙，无秩序地向前走着，走到上课的场地时，老师的面色十分难看。"现在我们先散开队伍，学习熟悉秧歌舞的技法……"

"秧歌舞？难不成就是东北农民在秋收的秧田里，自己独创出来的那种舞蹈？"紧接着，老师便在所有人面前跳起了东北扭秧歌的标准舞姿，可免不了我们这些爱面子同学红起了脸儿。但是，我们还是如被驯服的烈马般规距地开始跳起来。

"唉、唉、唉，你这个同学是怎么做的！"我们的目光一下子"唰"地都注意在了老师正在训斥的同学——"是刘焕新。"我听见旁边的同学轻声地说。"你上来给大家示范一遍！快点！""啊？我，哦……"刘焕新颤颤巍巍地走上前去，笨拙可笑的动作顿时使笑声传遍了这片草地。我们勉强做完最后一个动作，原本乐观的体育老师又骤然严肃起来，一个动作一个动作又给我们示范了一遍。最终，老师又让我们像上次集体舞一样组合搭配起来跳舞。真令人头疼。

后来，我们才知道这一次扭秧歌如同集体舞一样，是教育局规定下来并且要抽查的项目，所以十分重要，怪不得老师有如此反常的举动。

唉，拿东北地区的舞蹈让我们身处江南的中学生学，真是难上加难啊！

音乐课漫想

学校音乐教室是曼妙、美悦的，可是对于我们这帮学生来说，那是个可以释放嘈杂声音，大喊大叫的地方。记得最可笑的时候，我们唱得如春雷爆响，要是没有音乐伴奏，称我们的歌声是狼嚎鬼叫一点不为过。

音乐课上，似乎每一个学生都恣意妄为，认为音乐只是一门消遣的放纵课。有的同学侧着脑袋，思想早就去"西游记"

了；也有认真的，端详着老师的动作，目无表情地一唱一和；有的同学只是拿着书，瞎哼哼唧唧几句。老师在上面用手指轻轻地点动钢琴的琴键，发出一阵悦耳的乐声，我们只以噪声应和。

我是非常喜爱音乐的，虽然并不擅长唱歌。我总是觉得音乐老师是说唱家，指挥着我们齐齐唱响，费尽唇舌一遍一遍地唱，而后一串串流动的音符回荡在教室里。然而无知的我们歪着头享受音乐，真的如瞎子说颜色鲜艳。课上到一半，许多同学都已受不住音乐的"困扰"，周围的杂声纷繁起来，似乎已压住老师的声音。这使人不由得感到困惑。

音乐是一门艺术，也值得尊重。而我们这帮人，如此对待艺术！想到此，心犹如刀割般的难受。但是音乐成绩的好坏，对升学排名次无足挂齿。因此，大家也就失去了学习音乐的热情。艺术悲哀！老师悲哀！学生悲哀！学校悲哀！教育悲哀！

ZAI MENGXIANG ZHONG CHENGZHANG
在梦想中成长

　　记得荣获第十届"五个一工程奖"的电视青春剧《恰同学少年》热播期间，我们班曾开展一次以"我的梦想"为主题的演讲活动……你们还记得我们在校园里一起畅谈我们的青春梦想的情景吗？照片左起：季志恒、我、丁阳、楼佳蕙、叶倩云。

第五章　中学趣事一箩筐

换 位 置

上个星期五，老师终于安排了自开学以来的第一次换位置。

其实我早就想换座位了，班里的人都知道我坐的那个位置，我自己美其名曰——小美洲，意思就是老师在讲课时很难注意到我，但是只要一提到疑难问题，老师的眼睛就会像机枪一样在教室四周扫射，最后总会瞟向我并点名要我回答。所以说当老师开口说要换位置了，说因为个子高矮问题，影响到了个别同学的学习，我心中为之一振。因为我想换个理想的位置。

老师叫我们出去排一下身高。在男生中，我算是比较矮小的了，但总算是比女生要高了，料想前面两排皆是女生了。没有想到的是，我又坐回了自己的位置，心中有些失望但还心存希望，因为当时三个去电子摆拼的同学都在我们这个大组中，所以一定会重新调整顺序的。后来，有两个同学先回来了，我们正想出去又被叫了回来，说另一个呆会就来。稍候片刻，姗姗来迟的同学惊了一惊，于是便又按原来的队形排了出来。料想不到的竟是，后来的三个同学都甘愿排在了我的前面。于是，我又惊讶并且无奈地回到了自己的座位。

悻悻地，似乎发觉自己也许本该属于这里的吧。最后，我的希望终于再度点燃，刘老师在放学的时候，又把整个大组横向移动，我不是靠边的了。我的心情似乎变好多了，但愿我的学习也能如此，随着位置调动能有所提高，但愿与我的新同桌也能相处融洽。

虽然老师说位置可能还要调动，但我已经在慢慢适应了……

黑板报给我带来了……

我是绣湖中学714班的宣传委员，我的责任就是把新信息传递给每一位同学，及时地用黑板报的形式把文字信息表达出来，增加浓厚的学习氛围。这，就是我的职责。

我是个性格内向、不善交际的人，平时，我就沉默寡言。老师却给我揽下这么一个活儿，弄得我不知所措，整天尽为黑板报所苦、所恼。设计排版、查阅资料、召集人手……

此时，我的心情缓缓地舒了一口气，完成板报指日可待了。板报的内容非常多，比如这一期的板报主题是"推广普通话"，内容有普通话宣传口号，普通话推广的法律依据，普通话的工作方针等等，外框是缤纷的线条与图案，融汇成一种有字有画的大模板。

今天，看着同学们纷纷入睡，只有我们办报小组的人员在黑板上默默地排版、画图、写字。定神细作，慢慢写，一笔一撇，慢慢画，一线一点，流畅的文字与图案眼看即将形诸眼前。午睡结束后，同学们接连不断地醒过来了，我们也就此作罢，再挤时间办。

一晃到了下午，作业是比我做的黑板报还多。放学了，才想起黑板报还没完成，虽然已经多做了一节课。

黑板报，是人们开阔视野的望远镜，可这架融知识、艺术于一体的望远镜又岂能一朝一夕间完成？唉，"望远镜"，你给我带来了知识、乐趣和能力，也给我带来了……

"虞人"是"愚人"

愚人节的炒作在人们七嘴八舌的高谈阔论下提早来临了，"骗人"这个话题在昨天比在今天提到的次数相差甚远。恰巧的是，这一天恰好是我们初二年级去劳技中心体验生活乐趣的时候了。

按照惯例，我们在叽叽喳喳声中去篮球场中央排好队伍，依旧一片喧闹。黄老师一声令下，顿时鸦雀无声。可这时谁的硬币掉了，发出一阵刺耳的响声，惹得我们发笑不止。终于，走在了去往劳技中心的路上，原本我还以为去劳技中心也是为了"愚人"的。这时，旁边的刘焕新小声嘀咕说："虞晓波，你的鞋带散了。"我正想俯身下去系鞋带时，却发现鞋带安好，一点也没有挣脱的意思。正当我怒气冲冲地转向他时，他却嬉皮笑脸地对我说："愚人节快乐！"我竟然被他骗了！

到了劳技中心，我们循着原来的座位坐下来。"唉，虞晓波，你的凳子上有水。"啊，我赶忙从凳子上站起来，因为用力过猛，膝盖碰到了桌子上，顿时疼痛流满全身。当我发现凳子上没水，看着他们似笑非笑的面容，我已经猜透了一大半，又是愚人节惹的祸！

这时，台上的老师开始讲话了，我也顾不得去计较什么了，赶忙规距地坐在凳子上。"今天讲的是制作海模模型，……"话音未落，不知从哪里冒出来的一个细微声音："老师，你的肩膀上有……"该同学声色并俱地说着。老师自然不敢动弹，惊恐地望着学生同样惊恐的神色。"哈哈，老师你被骗了。"另一个识时务的同学大声喊道，"愚人节快乐！"，其余同

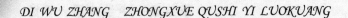

学也跟着一齐喊道。一切似乎是串通好了的。

接下来的上课自然趣味横生，老实的我又遭到了连环的被骗。整个上午，我只能用一个字来形容，"惨"，两个字"更惨"，三个字，"十分惨"。一天下来，我都浸泡在"愚人节"的无奈、欢愉与乐趣中，既可恨又可笑。当你在极度恼怒时，顿时又豁然大笑起来，原来就是这样的。

"愚人"难道真的就是"虞人"之节日吗？

不过，虞人还真是"愚人"啊！

渴望与尴尬

渴望已久的初中生活已恍然过去了一周，作业与负担骤然多了许多。可是，不用为这唉声叹气，老师说过，时间是靠人挤的，把握住这以后的三年，就是闯过了人生的第一道跨栏，人生的起跑线上才会依稀出现自己熟悉的背影……

上课第一天，各门科目的老师都登台亮相，诙谐幽默的、庄重严肃的都有。我紧张得不知所措，只得呆呆地看着课本和黑板，老师说一句我听一句，不敢落下一个重点字词。我想，把握时间与把握细节是共有的。"成败取决于细小时间和散碎的细节。"确实，把一秒秒时间集合起来，把一个个细节串连起来，将会是你意想不到的场面。

说是这样说，可是，我还是无法鼓起勇气举手请求发言。每当老师提问时，我的手像是被灌了铅似的，始终举不起来，似乎举起千斤大石般困难。明明记答案于心中，反复念，却生怕老师叫到我时无言以对，出尽洋相。就是被老师点到了，我也是涨红了脸，支支吾吾，直到老师叫下一位同学回答。

我老是想不要在新老师面前出丑，可是每次偏偏都是我。我也很奇怪，为什么每次都是我。唉，天意捉弄人！

上了几天的课程后，我慢慢适应了新的环境，新的集体。要想真正融入，就得主动与同学们交流。

每一天日新月异，充满了新鲜感，我要在新鲜中把握时间，把握细节，与时俱进。

我的苦恼

今天我好不容易地把作业补好，才风急火燎地离开了教室，急匆匆地回到了家。

我老是想，为什么我已经很赶时间了，一有时间便做起作业来，可是作业却还是没有及时完成？可能是我没有专心做事的缘故吧？又一想，不会吧，我做题时已经慎重专虑了。哦，可能是思考的时间花得太多的缘故吧？不会呀，我做题已经很快了。

我也常奇怪，我是个男孩，动作慢，心却细如针。我也希望我的性情能不拖泥带水，像细针一样，干净清爽，豪爽开放。

我又想起了清晨来校时，黑板上写的"正确的人，在正确的时间，做正确的事"。可能有几分钟吧，我一直在琢磨这句话，连老师讲什么我也没听清楚。到了中午，我早早地吃完了中餐，回到教室做我还没完成的作业。回来的时候，班里的人依稀可见，零零落落，一个小组才回来两个人。只见前排的一个小组正坐满了人，一言不发，只是静默地做他们该做的事，旁边的人说的说笑的笑，丝毫没有留意。后来，老师表扬了这

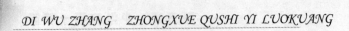

一组同学。我的心空空的，好像什么阻滞都打开了。原来，什么是"正确的时间做正确的事"，就是如此。

只有成为时间的驾驭者，才有可能在知识天堂里叱咤风云。

签　名

这个下午，过得很不愉快。上午为着比赛的事揪心，下午又被刘老师留了下来，因为双休日没有按老师的要求做到最好。

班主任刘老师要求我们把考试卷带回家去让家长签字，并且要签在分数旁，要让父母知道自己的儿女在班级中是一个怎样的位置。可是，我却大意地把试卷忘在了书包的夹层之中，和平时做的测试卷混淆在了一起，马虎地就把这茬给忘了。害得我在老师说把签字的试卷交上去时，腼腆地从书包里取出那4张已经被遗忘的试卷，分数的旁边一片空白。我很清楚，整个双休日我根本没想起来有这事。

下午的最后一阵铃声响后，我无奈地留了下来，刘老师苛严地让我们说出为什么不签字的原因。当时我就羞愧极了，头灌了铅似的，始终也无法抬起来面对刘老师那双眼睛。在他的眼睛里，我似乎读出了那种焦虑，那种恨铁不成钢的痛心……

我的心，也似乎流泪了……

ZAI MENGXIANG ZHONG CHENGZHANG

在梦想中成长

　　在我的成长路途中，我遇到了好多帮助过我的老师和同学。记在了我的心灵深处的老师有：李雪盈老师、余悦森副校长、刘志超老师。刘老师担任我初中的英语老师兼班主任，我的英语之所以能在初二下学期期末考试中考99分的好成绩，与刘老师的鼓励与支持分不开。照片左是我，右是刘志超老师。

第六章　老师·朋友·同学

别了，我的六（3）班

数不尽的进进出出，数不尽的风朝雨暮，记不清的来来回回，记不清的谆谆教诲……

宏伟的校门，踩遍着无数学子参差不齐的足迹；清晰的摘录本，记满着密密麻麻工工整整的笔记……

重复了 6 个春秋，依旧是那 4 个季节，我们也还是老样子，只是长高了、变壮了，开始了解这个世界了。

毕业的临近唤醒了我无知的童年，自由与欢笑将与我告别，悠然远去……蓦然回首，仿佛昨天还躺在摇篮里，听着妈妈讲着童话里的故事，似懂非懂，今天就已迈向长大的第三步了：幼儿园是第一步，小学是第二步，初中是第三步……

毕竟是 6 年的同窗，6 年的"家"，难免有过喜，有过忧，有过欢笑，有过悲愁……

最激动人心的是那次运动会，红白两色的棒子老在面前出现，心在胸膛乱跳。"接力比赛即将开始，请各班级做好准备。"一阵广播后，场上的情绪更加激昂了，有的开始做准备运动，有的深呼吸，有的不知在想什么……"加油！"我暗自鼓励自己，不禁捏紧了拳头，水似的东西从皮肤里渗透出来。

比赛开始了，一个个同学似离弦的箭射了出去，虽然动作滑稽，可也信心十足。"冲啊！"不知谁喊出一句。"加油，加油……"别的人开始起哄。场上每一个人都已用了十二分精力，只差一步之遥。轮到我了，还好，发挥正常，没出什么意外。"Yeah！""六（3）班冠军！""Yeah！"

像这样的事情不胜枚举，每一件事都显示出每一位伙伴，每一份力量，每一份希冀！

　　6年的时光匆匆而逝，悄然离去。明日，我们就要升初中！再见吧！激动人心！再见吧，热泪盈眶！别了，我的母校，我的六（3）班！

"大鱼"和"小鱼"

　　虽然说大鱼吃小鱼，小鱼吃虾米，讲的是弱肉强食，优胜劣汰，是"胜者王，败者寇"的血腥法则。可是我们学校六（3）班的"大鱼"和"小鱼"的关系却不是这样！

　　"大鱼"——余老师，是六（3）班的语文老师，一个文绉绉，讲起话来大道理一条一条的，却不乏幽默生动的人。"大鱼"老师讲课眉飞色舞、言传动听，透明的方框眼镜背后射出智慧的光。其温暖的爱心和智窗般的眼睛征服了学生们。至于"小鱼"嘛，相信大家也能够猜到的，哈，那就是我嘛！一个爱好写作的男孩。这样一对搭档组合在一起，将发生什么事呢？让我们拭目以待。

　　因为作文写得不错，"大鱼"非常赏识"小鱼"，表扬起来，一点儿也不遮掩，可是批评起来，却一点儿也不含糊！每当考差后，心情也一样差，可是"大鱼"老师还那样说，'小鱼'我实在无地自容。同学们生气时都称"大鱼"为"鱼头"，我当然也不例外。但"大鱼"确实是真心关爱"小鱼"的。

　　小学毕业以后，"小鱼"还与"大鱼"有联系。有一次，"大鱼"送给"小鱼"一件礼物。"小鱼"拆开一看，竟是一支价格不菲的派克笔，他想："'大鱼'老师一定想让'小鱼'用这支笔写出更多更好的文章吧！"

不知为什么，"小鱼"突然想起了那次"毕业饭"。那次，"大鱼"为六（3）班学生亲自抓鱼烧的汤，乳白乳白，香美香美，像老师那颗纯洁的心。

时间渐渐流逝，唯独那一支派克笔和那一副无边的方框眼镜及后面的那双眼睛永远是那么明亮，深印在"小鱼"的脑海。

人走茶不凉

今天似乎与昨天不太一样，哦，原来是刘老师要去广西桂林开教研会议，两天后才回来，数学老师就代替刘老师做一回班主任吧。

不知道是早就安排好了，还是任意分配的，在看完《东京审判》后刘老师就宣布了这件事。刘老师只是强颜一笑，说有些担心我们，也相信我们都做得好。部署好一切，刘老师走了，也许下周一才能再见吧。

咦，也真奇怪？刘老师一走，教室内立即安静下来了，也没什么噪音，只有笔在纸上擦出的声音。"喂，你干吗呢？"此时一声悄悄话会变得如此刺耳……刘老师走了，我们倒更自觉地学习，因为此时更能检查自己的学习态度。

入学后，我们比以往更会约束自己了，上课专注的眼神胜过了一切的一切。成功在期待我们，我们将蓄势迸发，向下一个目标挑战。

学习，自主学习，耐得住学习的寂寞才是会成功的人。学习不能以成功论英雄，成败与否，在于你经历的过程。微笑面对学习，开拓出自己的一片蓝天……

我的同桌

从小学到初二，我的同桌有好几个呢！但是，最有意思的一个是金晗。他比我矮了一大截，可他的腰围却比我的粗了好多。

那是酷热的夏天，我们才相识不久。我呢，那时特爱跑，情愿汗流浃背，也不愿呆坐着，也练就了我的长腿。而同桌金晗呢？不爱跑，甚至讨厌长跑。可是，我与他比赛长跑，却总是也赛不过他。每次我都比他快几秒冲出，可是最后，气喘如雷的一定是我，最后的一霎那，我几乎是走着了，而金晗却只用他一成不变的步伐，以微弱的优势险胜！

金晗似乎每天都很快乐。"咦，金晗，你今天的肚子又比昨天鼓了。哦，是不是昨天又吃了一顿开胃大餐了？""哦，忘记了你的胃口不用开也一样有胃口！""咦？金晗，你干什么呢？"他指我的肚子喊："你的肚子也挺大的嘛。"

考试成绩下来了，我和金晗的排名都落在了后面。我的内心深处在哭泣……"哎，金晗，你怎么样……啊？"只见他望着试卷发愣，又一边把错误改正，一会儿，又转过身来对我说："下次，一定能超过他们的。"他又故作姿态说："不知他们下次还考吗？"哈……

我自认为自己用钱挺节约的，没想到，金晗他不仅用钱节俭，还有规有划，不乱用一分一毫。就说今天下午吧，出了校门，天上就渐渐沥沥地下起了小雨，淋湿了头顶。"我还得去买几只笔"，他一边走一边嘟哝着："又没笔用了！"我一直都是和他同道走的，只好随他了。我望了望稀疏的停车场，又看

了看表 16 点 51 分，我爸还没来呢。"去超市买吧！"我建议道。"还是到外面买吧，那儿便宜点儿。"我们来到一家学校附近低矮的小店。"这儿的笔便宜。你买吗？""不了。"说着他便从书包里掏出几张 1 元的纸钞，递了过去。我们又重新走进了雨中。

　　我忽然觉得我的同桌也有许多优点。

ZAI MENGXIANG ZHONG CHENGZHANG

在梦想中成长

　　为迎接2008年北京奥运会，我们学校在2008年6月初举办了初一、初二趣味运动会，在学校掀起了热爱体育的热潮。我报了长跑项目，瞧，我们为了跑出好成绩，正在学校的操场训练呢。照片前排左起：朱星明、丁阳、我、季志恒，跑在后面的是季旭晨。

第七章　迎奥运，　讲文明

第七章 迎奥运，讲文明

奥运如歌

今年是 2008 年，举世瞩目的奥运会在我国召开，作为东道主的我们又怎能熟视无睹，而不去行动起来呢？

在学校，教育局特别为学生打造了一项专利：开展"阳光体育"运动，让每个中小学生每天的户外活动时间不少于 1 小时。这一计划为学生繁忙的学习之余带来了一些空闲与轻松，增加了学生对体育的热忱，并且也增强了体质。同时，这也是我国迎奥运贯彻奥林匹克精神的一种体现。因为，"哪里有了阳光，哪里就有运动。"

不但如此，学校还开展大课间活动。为此，还特别请老师教我们集体舞和广播操。每一次大课间的时候，我都觉得那是一件使我十分享受的事。或许是上了几节课之后有些困倦了罢，每当这优美而有节奏的旋律响起时，身体的各个器官似乎也随之舞动起来，真正达到身心合一。这才是体育运动最崇高的境界吧！

已经停办了两届的校运会在汗水与欢笑交融之中又重新开始了。操场上满是人，似乎没有什么空闲去再容纳那胜利的喝彩与衷心的鼓励，我此刻已经如一只不羁的小鹿跳跃在了那充满沙子味的跑道上。在滚烫的太阳之下，跑道霎时间显得格外安静。胸腔中的心脏不停地跳动着，似乎连吸气也觉得十分累。可眼前出现的两个字"拼搏"使我为之一振，我调整了步伐，渐渐地与前面的人缩短了距离。我要加油，我在心里默念着，就算争不了第一，也要努力跑到终点。

天，似乎已经变得灰蒙蒙的一片，脚后跟也终于抬不起来了，我只能用极慢的速度小跑着。前方，胜利者已经得到了属于他的那份殊荣，我失败了，但我也成功了，我拥有了那份超越困难的拼搏勇气，我不再那么畏畏缩缩了……

在同学们的唱采声中，我拖着疲惫地身体倒在了终点的跑道上，迷蒙中，我想说："我成功了！"只是那声音过于微不足道而已。

我哭了，只不过是心在哭泣，那颗炽热的心上流过几滴心泪。我扪心自问，这就是奥运精神，一种超越自我的精神吗？

体育课开放了！

经过一番"阳光体育"的热潮后，体育课终于又还给了我们。原来一到体育课的时候，我们就苦瓜着脸，和老师摆谱，有几个爱捣蛋的学生似乎在心里默念着；骑驴看唱本，走着瞧！这都是因为主课的老师们都爱抢这节副课上！

可是，今天可不同了，原来的那些个同学都一反常态，兴奋得不得了。前一节课刚下课，几个同学就打了兴奋针似的，来劲儿了！

又见到了体育老师了，还是那样的矮，那样的黑，那样的严厉。这不，他扯着大嗓子喊道："先绕操场跑一圈，再在5分钟之内跳250个跳绳，再做60个仰卧起坐。"我一下子两腿发软了，可想到"全民健身"，一下子又没有了怨言。

今天的阳光毒辣辣的，晒得小草都奋了头。汗滴直往下流，头上冒着热气，汗水都汽化了啊！没过多久，我就"哧哧哧哧"开始喘起了粗气。

长跑锻炼意志且培养耐力。为了意志坚忍不拔，坚持……

阳光体育

　　这个星期又要举办运动会了，各类体育健将又可以大显身手了，而我是不参加的。毕竟我没特别擅长的体育项目去和人家较量，在期末的体育达标测验单上能见到一个"良"已经是个不错的成绩了。在这次运动会上，我猜也只有为参加运动会的同学助威呐喊，为他们写稿子，激励他们求胜的欲望。

　　而在这次运动会上，还有一个集体比赛项目，就是广播体操比赛。听说各年级都要参加比赛，为取得更好的名次，我们一有空闲就抓紧练了。平时空荡荡的休闲场地，如今得趁早下手，要不然只有躲在教室里练了。

　　这几天的体育课也是做广播体操。机械地重复着每一个动作，每一次同学们都是练得满头是汗。看得出，我们付出了许多汗水和精力。可是更重要的是体育老师为了能更好地指导我们，不惜多花费时间顶着火热的大太阳反复做着一样的动作，一个一个地指导，一个一个地纠正。

　　"阳光体育"今年喊得特别响，如今我们终于可以告别几节课来到运动场上，心情也特别的放松、愉悦。是呀，我们这个年龄正是长身体的时候，需要锻炼，需要阳光，需要休闲。可是又有谁能真正让我们减负呢？

　　"一二一"，口令一遍又一遍地在校园空隙中传来。但愿运动会迟点开，我们就可以多几天享受"晒太阳"的待遇了。

运动会赛场

　　燥热的夏季已经过去，一年一度的秋季运动会已悄然而至。

　　运动场是创造奇迹的地方，运动会是创造辉煌的活动。成功与失败，得意与沮丧总在毅力与意志之间。毅力刚强，则胜利，意志薄弱，则失利，这是千古不变的真理。

　　"砰！"随着一声枪声，运动员们像脱缰的野马，一个个斗志昂扬，目光如炬地向前冲，身体上的每一块肌肉都抽搐着，抽搐着往前奔跑。

　　场上的气氛十分凝重，每一个人都为自个儿班的运动员加油鼓劲，呐喊助威。我们班的长跑健将季江遥紧紧跟随在第一名身后，只差一臂之遥。我们的心都悬在喉咙眼上，几个班的喊声连成一片。嘈杂的声音淹没了我那细小的声音。我不去管，只是竭力地嘶喊。

　　"加油，加油……"我们的加油声慷慨激昂，运动员的拼搏心激情似火。他们摆着臂，蹬着腿，往前方如离弦的箭一样冲去，豆大的汗珠渗透了他们的校服，喘声越来越急促，只是脚步没有停息，一步一步，轻盈点地。他们用自己的力气支持到了最后一刻一秒，他们更用自己的意志拼搏撑到了最后的终点。

　　广播里传来：初一年级 714 班季江遥同学获得 1500 米长跑第二名。

　　冠军固然可贺，但第二名同样优秀，我们欢呼，为季江遥，为班集体欢呼。

雨中速写

"快传，快传，唉，怎么又撞上了篮筐……"唉，我晦气地直拍大腿。

我，人不算太高，但总算能抢到球，在雨中和一群刚结识的校外同学蛮干。那个挺"剽悍"的家伙，运球、过人速度都很快，连胯下运球竟也玩得这么溜，看来是篮球场上的常客啊！"嘿，怎么又进了！"就是那个穿着黄棉袄，比我矮半头的男孩投的。

我又扫描了周边，好比发现了新大陆一般——那个身着灰色羊毛衫的大个子男孩运球传球木讷，但在外线定点投篮却出奇地准。只看他一脸沉着，佩着斯文的眼镜，向天空中划出一个完美的半弧线，球又进了！我也依样画葫芦地到那个地方向篮筐投去。嘿，竟然是"三不沾"，气得我直跺脚。

哈哈，我又抢到一个"空中飞来球"，站定一投，方向错误，竟把球偏向了另一边，害得我只得去捡回来。开始重新发球，我想把球传给那个穿黑毛衣的大高个儿，可他却无动于衷，只好朝他暗示。等我准备发球时，另一边的队长竟说我超时了。"你怎么发球的啊……"同队的人一阵喧骂。"嗨，世态炎凉啊！"我感叹道。

到了后半场，不知何时一滴滴雨从天坠落，打湿了我原本就已模糊的镜面，更加看不清楚了。郁闷！在接到球后总是被人截住，连几个绝妙的传球也在我这里出了问题，篮筐也向我耷拉着脑袋，提不起精神来。我的手感超差，我想，那时的自己一定十分可笑，连人在篮筐下的立定跳投都十分艰难。雨，还在下着，想必后面的比赛一定惨不忍睹……

风越吹越大，雨越下越大，我们比赛却越来越没有了悬念。

2008，我们期待着你的到来！

2001 年 7 月 13 日，对于中华民族来说是永远不能忘记的日子。当萨马兰奇老人站在话筒前，当那一声清脆的"北京"响起的时刻，是我们中国人最骄傲的一刻。我们的首都北京申奥成功！

有人可能并不知道申奥对于一个国家来说是如此的重要，申奥成功象征着一个国家的强大，在国际上地位的提高！

在期盼中，在渴望中，2008 年来临了！2008 年的北京，发生了翻天覆地的变化：一幢幢摩天大厦拔地而起，一条条宽阔的大道通向四面八方，世界一流的体育馆、宾馆等待着各国朋友光临，到处都飘着各色彩旗，男女老少载歌载舞……啊，北京，成了欢乐的海洋！

盼望着，盼望着，中国人民盼望的奥运会这一天终于到来了。全中国人民兴奋不已！有的早早就来到体育馆等候，有的守在电视机前等候着。你瞧，体育馆人山人海，五湖四海的朋友都聚集在这儿了！

啊！2008 年奥运会的开幕式上演啦！一开始，是奥运圣火进场，然后就把火炬插在场地中间的草坪上，全场就黑了灯。跟着就是全场的音响里传出野兽的嚎叫，主持人的声音出现了："这里是远古的土地，人们在为生存而挣扎……"然后一束追光打下来，一个山顶洞人出现了。他走到场地中间开始表演钻木取火。等火钻出来之后，众望所归的奥运冠军刘翔就可以举着火把绕场跑一周，展示东风压倒西风的喜悦之情。随着他跑过的脚步，他的身后升起了按比例缩小的长城模型。等长城都起来后，这位人们喜爱的奥运健儿就可以站到第一个烽火台上，脱下兽皮裙，摆个弓箭步，展示一下他浑身的腱子肉，然后发出了他那来自本能的最原始的呐喊，以示穿越时空的力量。最后他举着火把点着一个烽火台，剩下的烽火台就一溜烟地把火传到主火炬上。

这时，礼花四射，成千上万只彩球装点着狂热的"鸟巢"主体育场，五彩的烟火染红了北京的夜空。"哦——太好了——"伴随着人们的欢呼，激动人心的一刻到了：中国运动员点燃了奥运圣火，2008年的奥运会拉开了帷幕！各国运动员昂首阔步走进比赛场地。

开幕式规模宏大，每一首歌都是中国人的壮怀激烈，每一场舞蹈都是中国人的豪迈奔放。熊熊燃烧的奥林匹克圣火照耀这高高飘扬的五星红旗。更快、更高、更强，让奥运精神发扬光大，让五星红旗一遍遍飘扬在体育馆上空吧！让国歌一遍遍在耳畔回响吧！让我们的心同国歌一起跳动吧！让我们的心同国旗一同飞翔吧！冲！冲！冲！让我们向前冲！

开幕式结束了。下面开始进行体育项目比赛了。看，一场轰轰烈烈的搏斗即将开始，运动员们也开始准备起来。

"砰！"随着一声枪响，队员们就像离了弦的箭，飞也似地冲出起跑线。"加油——加油——"声顿时震动了全世界。呀，不好，在3号跑道的运动员被抛在后头了。"哎呀，快点！"我在密密麻麻的观众中瞎着急，一旁的观众也紧皱眉头，似乎也在为那3号选手感到有点可惜。再往跑道上一看，那位3号运动员还在努力向前奔跑，10步、7步、5步……快点，再快一

在梦想中成长 103

点的话，你就可以超越前面的选手了。胜利的曙光正在向你逼进！"耶！"这时，观众席上一片欢呼，3号选手超过了前面一名运动员，成为目前的第三名，他真了不起呀！

再看看别的几位选手，他们也像一匹匹脱了缰的野马，在跑道上跑着。风在一旁呼呼地吹着，仿佛也在为他们加油。这场 1500 米的长跑比赛，运动员们竞争得多么激烈，多么吸引人！在这么多人的眼睛下，当然不能丢脸！选手们拼命地跑着。"好样的！"不知谁喊了一声。再一看，只见 4 号选手已经跑到第一名，眼看着终点越来越近，后面的几位落下的当然也不甘示弱，他们咬着牙，迈着大步，使劲向前跑，努力想超过别人。"啊……"3号运动员大喊一声，这时的他，是那么疯狂，那么令人惊讶，越来越有力！呀！3号选手竟在短短的几十秒钟之间，率先跨过终点，把 4 号给抛在了后面。3号他做到了，他终于取得了第一名，他是多么令人敬佩啊！我和观众们也感到无比高兴。当奥委会宣布第一名时，全场轰动了。霎时，空中再次出现五颜六色的礼花，为空中涂上色彩。

下面更是激烈，在举行男子双人 3 米板跳水决赛。"哎！注意看这是最后一跳了！"真的哎！只见王克楠和彭勃站在板上，准备起跳。只要这一跳能达到 9 分以上就赢了。然而，4 年前的一幕还在我们眼前：2004 年 8 月 17 日也是男子双人 3 米板的最后一跳，也是王克楠和彭勃，许多人都认为胜券在握了，可是王克楠竟一头从板上栽下来。所有评委都亮了 0 分。如今，历史会重演吗？全场观众的心都提到了嗓子眼。一声哨响，他们踮起脚尖，起跳，一个优美的"向前翻腾两周半转体两周"动作完成了，最后跃入水中，几乎没有溅起一点水花。太完美了！9.887 分。王克楠和彭勃赢了！这时全场响起了雷

鸣般的掌声，欢呼声久久不能停息。

"啊，我飞起来了!"我闭着眼睛尖叫着。等我睁开眼睛，我正坐在电视机前。这一切真是不可思议，我真是丈二和尚摸不着头脑。此时此刻，我也不管那么多了，赶紧看奥运会了!我急忙目不转睛盯着电视，呀，结束了。哎，可惜!! 啊! 2008年奥运会的闭幕式正开始啦! 又是一台盛装的狂欢舞会，成千上万只彩球，装点着狂热的"鸟巢"主体育场，五彩的烟火，染红了北京的夜空。全世界的奥运选手们，放松自己的心情，散下飘逸的长发，与来自世界各地的体育迷，欢聚一堂，尽情舞动，让地球人在"从奥林匹亚到万里长城"的歌舞中狂欢。

雄雄燃烧了 15 天的圣火熄灭了，最终我国以 56 块金牌，32 块银牌，20 块铜牌，位居世界第一。这 56 块金牌象征着我国 56 个民族，56 朵鲜花，预示着中华民族的繁荣昌盛!

啊! 一眨眼，我又乘着时光机回到了 2007 年，回想刚才在 2008 奥运会上为运动员加油的情景，心想，真正的 2008 奥运会一定会比我刚才在梦中看到的更精彩!

2008，我们期待着你的到来!

为绿色奥运加油

4 月 18 日，我校团委联合工会开展了以"迎奥运、强体魄、育新人、促环保、增和谐"为主题的"绿色环保——单车我先行"活动，目的在宣传环保，迎接奥运，唤起每一个人的环保意识，并且积极投身到体育健身活动中，投身到义乌的"环保事业，从我做起"中来。

这天下午，由我校 50 位青年教工组成的环保单车队，头戴青年志愿者帽，统一着装，骑统一的环保自行车，并在车头上插上印有奥运、环保标语的小旗帜。环保单车队沿着"城北路→城中路→宾王市场→工人路→绣湖广场"的路线南下，不时地吸引了路人的眼球，更是有不少骑单车的路人主动加入到车队中来，和我校的教工志愿者一起为北京绿色奥运、为义乌的环保事业而鼓与呼！车队抵达绣湖广场后，教工志愿者组队向市民们分发事先准备的"还义乌一片蓝天，为绿色奥运加油"的宣传单，并向路人解说环保的重要性，希望他们也能够加入到环保迎奥运的队伍中来。

我们的老师以高度的社会责任感、使命感，为我们作出了表率。那么，作为学生的我们，又该做些什么呢？为此，我班开展了以"还义乌一片蓝天，为绿色奥运加油"为主题的班队活动，旨在讨论怎样以实际行动来宣传环保、迎接绿色奥运，怎样唤起人们的环保意识。

活动一开始，同学们一起背诵了我班自创的环保诗歌《绿色的梦》，接着，上演了小品《垃圾的对话》。然后，讨论开始了。讨论中，我们班的同学们在班主任老师的鼓舞下，积极发言、各抒己见，讨论氛围异常激烈、浓重。"绿色奥运"是2008年北京奥运会的三大主题之一，大家先对"绿色奥运"这个名词发表了自己的看法，再讨论如何实现绿色的奥运。同学们有的说去广场上捡垃圾，有的说到社区里刮牛皮癣，还有的说要回收废电池等等。大家的主意不同，但宣传环保的迫切心情是一样的。讨论后，班主任为我们本次活动作了总结，最后在激扬的奥运歌声中，我们的班队活动圆满结束了。

还义乌一片蓝天，为绿色奥运加油，让我们用实际行动来作证吧！

ZAI MENGXIANG ZHONG CHENGZHANG
在梦想中成长

　　爸爸因为小时候家里穷而没有读多少书，他就把希望寄托在我身上，希望我能成大器。不过，我的爸爸不怕吃苦，不断学习进步，他白手起家，我家的企业在按着他的思路发展、壮大。从我的爸爸身上可以看到我们浙江义乌商人的务实、能干。

第八章　幸福一家人

爸爸，谢谢您！

连续几个星期爸爸真有些"怪"！每次放学窗外都是空无一人，半天才姗姗来迟。爸爸以前不是这样的，他总是早早地等候在熟悉的窗户旁，静默地等我。别的同学都挺羡慕我的。现在，我越来越觉得爸爸对我冷淡了、疏远了……

曾经记得骑在爸爸的肩头上愉悦地叫唤着，爸爸扶着我的手小步跑，爽朗地笑着，去那边，到这边。爸爸笑了，妈妈笑了，我也笑了。

曾经记得我在10岁生日宴的中央，四周全是目睹我长大的旧亲，衷心为我祝福。爸爸、哥哥却马不停蹄地为我筹划，快乐与甜蜜陪伴我度过一个闪着泪花的夜晚。

曾经临上小学，爸爸还是一如既往地鼓励我："上小学，不用怕！"我展开稀疏的眉头，开怀地笑了。学习不是受罪，而是享受，享受获得知识的快乐。

曾经记得偶尔的一次语文测验，竟排在班上20多名之后。我内疚，爸爸比我还内疚，我羞愧，爸爸比我还羞愧。

有太多的人帮助过我，惠恩于我。有老师的教育培养，有同学的帮助和关心，更有爸爸的心血期望。风雨中，爸爸为我的学业奔波忙碌，挥汗如雨，气喘如风……爸爸对我的期望是很大的，爸爸为我付出的苦心是更大的。

又是一个放学日，爸爸依旧是最迟一个来。回家路上，我问了爸爸"这几天你怎么了，早出晚归，是不是不关心我了?""我这几天可都是为了你呀！""为了我?""还不是为了你，你看，这几天在整理你写的作文，我想把你写的作文整理好寄给出版社的编辑，看，有几十万字呢！"爸爸边说边从车里取出了很厚的一本稿子。"你不是喜欢出版张蒙蒙日记的张瑛姐姐吗？明天我就把你的作文寄给她。"爸爸更是风趣诙谐地说。"我相信张瑛姐姐会喜欢你的作文，你要好好学习哦，你马上就是那个要出书的少年了！"

"爸爸，谢谢您！"我在爸爸的脸上用劲儿亲了好几个。

爱　　心

怀揣着激动的心情，在妈妈的催促声中，我爬上我的小床准备睡觉。我真的不想闭上眼睛，真的想留住这夜的景色……我还是睡着了，睡得这么沉。我一睁眼，眼前是妈妈，背后这么凉，这么硬，我很疲倦，又一蒙头睡过去了……

我站在店里，正在饮水机旁为妈妈和看商品的客户倒凉开水。妈妈正在为客户讲解着商品的物美价廉。"这款什么价？"一口地方话。"只要看后面这个条码开头两位减去 10，就会得到一个价格，就是这款商品的价格。"妈妈说着便顺手指给客户看。这时我发现客户还是一个 20 多岁的年轻小伙子，戴着一幅黑色镜框的眼镜，胳肢窝下还夹着一个黑色的公文包，似乎和哥哥一样，也是一个刚踏入经商之道的创业者、开拓者、谋生者。

随即，这个客人又是挑又是拣，又选中了几款耳钉，便叫妈妈先包起来，待会儿一起来拿去结账。妈妈这才回过头来对我说："晓波啊，你昨晚跌下床了，我担心你，就过来看看你，就把你抱上床了。"我心里浮起一个问题：妈妈为我付出了这么多，我是否也应该帮妈妈做些什么力所能及的事呢？

　　我发现妈妈正在记账，于是我想为妈妈做好这笔账。妈妈告诉我应做的步骤，便欣慰地走开了。我开始一笔一划地给妈妈记账，一丝不苟。只听见外面过道上我妈妈一边说一边笑，不时还指点。还是重新记一遍账！耐心地算着，算错了！原来我刚才的那一番折腾都是白费的。

　　假如说家庭是人生的第一所学校，那么父母将是我的第一任启蒙老师，也是最好最好的老师。

我的妈妈

　　"妈妈，妈妈，你在哪里啊？"小的时候，我总是在深夜的睡梦中醒来，恍惚中，有一个庞大的黑色漩涡卷着，妈妈似乎被吞噬了。我一个激灵，出了一身冷汗，跑出门，发现妈妈正坐在板凳上，一针一针地缝着我不小心弄了个口子的裤衩。

　　自打我出世以后，妈妈就很用心地照顾我。从此，做菜烧饭洗衣扫地都由妈妈一个人独揽了。因为在家里，实在找不出第二个女的了。我和哥哥吃着可口的美味，快乐地笑啊，却尝不出妈妈的辛苦。

　　妈妈对我很有耐心，不会轻易发脾气。假若我做了什么傻事，错事，都不会手指着我，眼瞪着我，朝我骂骂咧咧的。就是生气了，也只是苦口婆心地唠叨几句。我可是清楚地记得，妈妈见我调皮了，从不用力打我，而是轻轻在我的小屁股上拍两下。

　　是妈妈不会不生气的缘故吗？有什么事都往心里藏？可是无论是什么东西，脸上都是什么也藏不住的。我总是喜欢刁难，却对妈妈难忍于心。可是，我总是伤了她的心，都见证

了。

妈妈是个操持家的主妇，家里的生活开销费用都由她掌管，家里的柴、米、油、盐、酱、醋、茶都是妈妈买的，妈妈喜欢价廉物美的东西。每次的饭桌上都很丰富，又地道，实惠。妈妈能炒得一手的好菜，就是青菜和豆腐也能让我们吃得津津有味，回味无穷。

妈妈是干家务的能手，可身材却不咋的，不知道，那沉重的大勺是怎么被那胖重的手收放自如的。实不相瞒，我的妈妈呀，的确不算苗条了。可是，她出了多少累，多少苦啊！

有一次，妈妈在打扫房间卫生时晕倒了，我怔住了，赶忙扶到床上。后来，我把这件事告诉了爸爸，妈妈被送到了医院。我和爸爸惊呆了。妈妈被查出得了高血压。从此以后，我也因妈妈而不快乐了。医生嘱咐爸爸一定要让病人少干些活，不能太劳累了。都知道医嘱一定要遵循，可是妈妈说还有很多事没干呢！是啊！爸爸和哥哥都在忙厂里的事呢！

妈妈，您辛苦啦！

母　亲

上了一星期的课，有些累了，就没赶紧坐下来做作业。瞅来瞅去，衣柜门开着，平时都是挂满衣服的，那些都是哥哥的大衣服，现在，我的衣服安静地放置在我的衣柜里。

第二天是去数学戚老师家补课，也许是我昨天太兴奋的缘故吧，弄得我自己一宿没睡好，还在被窝里筹划着明个儿清早的事。起是起来了，可惜天还没亮，鸡还没鸣呢，我呢只好又睡回去了。等我再次起床的时候，正值清晨，东方才刚刚破晓，一叠整齐的衣裤摆在我身旁，全是棉衣棉裤。我跑上楼去，妈妈正在做早饭，见我没穿衣服唠叨起来："今天外面冻得慌，冷风袭袭的，快去穿上棉衣棉裤吧。"哦，原来是妈妈准备的，可是那衣服重得像胖子似的，穿它？我可不情愿。

我随意从衣柜中取出几件衣服，穿在身上，洒脱自如，薄得很。"嗒嗒"……楼上传来了妈妈下楼的声响。见我这个样子，立即取下我那件单薄的外衣，给我穿上那件毛绒大衣，蒙古族的那种。心里虽有些叛逆，但是倍感温暖，如同驯服的小羊，乖乖地穿好了衣服。

天下的母亲都是一样的，都是时刻在你身旁呵护的最亲的人。

父　亲

我是一名学生并且经常获得多种奖项，可是我却要把这些荣誉的勋章贴在爸爸的衣襟前。

爸爸没有读多少书，但爸爸悟性好，所以，爸爸选择了经商，可以说，爸爸是白手起家，他是在从未经历过的坎坷商道上摸索着向前走的精明、能干的义乌人。

四年级，我不负众望，获得全国作文竞赛二等奖，所获得的奖品竟是 4 本小人书。我高兴地把它抱在怀里，把它带回了家，心想爸爸一定会为我骄傲的！毕竟它是我第一次通过自己的努力获得的奖品。

我跳上最后一阶楼梯后，看到了爸爸那张古板的面容。他正在把他的衣服扔进水槽里，倒上点浓度很小的洗衣粉清洗了起来。我背着他从书包里取出了那些书，挑了一本便在爸爸面前看了起来。爸爸瞄了我一眼，发觉了那些新书。便一手抢了过去，翻看了几页："怎么是小人书，我叫你看的?"我突然发觉眼睛被眼泪湿润了。我把获奖证书狠狠地摔到水槽边，"你自己看!"我就跑回了自己的房间。爸爸知道了事情的原委后，才用婉转的口气安慰我，还答应满足我的要求："模型飞机!"爸爸又一次默然了。

后来，从妈妈的口中我知道了家中的困境。爸爸为了家庭，为了我们孩子的幸福生活，仍然奔波忙碌着。一想起这些，我便哭了。

幸福就是这样

天蓝，地蓝，天净，水纯，白云若一缕缕细丝飘扬在空中，随着柔风的抚动，它们渲染了湛蓝的天穹。我伸展双臂，想感受大自然的沧桑，却不知世间的冷暖，人间的幸福离我却如此近……

有人曾这样问我："幸福是什么?"顿时，有太多太多的事情一齐涌上心头，刹那间竟无言以对。后来，在生活中，我了解到各种各样与幸福擦边的人。有的碰撞迸发出火花，有的却如透明膜般穿过。"我是个家财万贯的巨商，我的父亲更是当时身价亿万的人，自出身以后，我就受人瞩目与青睐，不仅荣华富贵，并且地位显赫，至父去世以后，我的生活更加有滋有味，天天沉溺于吃喝玩乐之中，我相信家中有金山，享乐享不完。"直到有一天物管局上门来查封，他还不知道大祸临头，正忙着想该上哪儿去享受，至死还认为享受便是幸福。

而另一种人却是截然相反，他一生追求自己的奋斗目标，坚持不懈，持之以恒，他认为自己做的每一件事都是为自己的目标达成所做的，所以再苦再累他也会觉得是快乐的，是值得的，他在苦难中成长，他在磨砺中享受，他勤勤恳恳地做好每一件事情，他认为没有什么能比为达到他目标的事情更加有意义，更加重要了。当他在经历万苦万难后，他终于体会到了，成功是一种幸福。

我本以为这样的幸福对于我来说还是很遥远的，但是我曾不止一次地发现，它竟然触手可及，有时竟像站在我前面我却感知不到它，更有的时候，它似乎在我的心里……

哥哥已经有自己的事业了。最近，我发现哥哥不再经常回家了，已经连续好几天没回家了。今天是周末，我想该是放松的日子了吧，说着，就向晴朗的天空伸了个懒腰。突然想起了哥哥，他现在在哪儿呢？是否还在忙呢？我迫不及待地想知道哥哥现在的情况。可是中间有事耽搁了，我有事要去做，于是又没空了。中午，事情也结束了，发现竟是哥哥来接我。

那时已经将近中午了，我的肚子已经咕噜地叫了起来，我提议去面馆吃鸡爪面，虽然哥哥面色有些迟疑，但最终还是答应了。面，两碗，一碗是鸡爪面，一碗千张面。上来的服务员把碗放错了，还以为哥哥吃的是鸡爪面，还是他把面给换了回来。我只光顾着吃了，也没看哥哥。就在这时，哥哥的手机响了，接通了，看样子是个客户，似聊得还挺投机，不到一会儿的工夫，似乎谈成了一桩买卖。哥哥面有愧色地对我道歉，丢下那刚吃了一半的面走了，叫嫂子来陪我吃。

我的心中似乎有一条暖流流过，心在哭泣。哥哥为我能够读好书如此忙于事业，如此短短的吃半碗面的时间好像都没有。他陪我吃这顿面的时间好像很短，但似乎却十分足够，十分充实。我的心满满的，装满了爱，装满了幸福。

眼　镜

早晨，我从床上爬下来。又是一个好日子。

坐到车上，准备上学校了。突然想起老师说过一到学校便听写单词，我赶紧拿出英语书一遍遍地温习。我手上拿着书，自然挂不住东西的，随手就把眼镜放在了座位上。不一会儿，便到了学校门口，车子周围已满是路过的行人和学生。收拾好书包，我跳下车子。

车门在我一用力后"砰"地关上了，我听着最后那一声，慢悠悠走了……过了一小会儿吧，我突然感觉到我的眼睛不见了。我一想，一拍大腿：眼镜忘在车的座位上了。

我赶紧回身去找，哪里还有爸爸和车的身影？我只得愤愤不平地走进校门。

上午的第一节，果然就是听写，也挺运气，让我得了满分。可老师问我问题，我因看不清黑板上的字而涨红脸……接下来的数学课，幸亏老师没叫到我。我以为整天我都要如一个瞎子一样，老担心着。没想到第二节课刚下课，那熟悉的身影就出现了——爸爸。我还没反应过来，爸爸已小心翼翼地将眼镜递到我的手上。

放学回到家后，我望着爸爸浓厚的眉毛，发现却夹藏着几丝白眉；而爸爸的眼神，也暗淡许多。霎时间，我却弄不懂了，爸爸为我到底付出了多少？

第八章　幸福一家人

心中的彩虹

　　小学的时候，因为逻辑能力差，所以在数学解题时常常碰到困难。每一次数学老师点到我的名字时，我都十分惊恐，怕她会让我回答刁钻的题目或那些一想就会使人头大的疑难杂题。我当然不敢把这件事告诉家里的任何人，因为他们花在我身上的心血已太多太多，寄托在我身上的希望也已太多太多了。我真的不忍心去伤害他们，只一味单纯地认为只有自己默默地付诸努力才能获得成功。可是，事情并没有像我想象的那样发展，我的数学成绩直线下滑。看到我的情况，数学老师在无奈之下，拨通了爸爸的电话。

　　这事我是在之后才知道的。后来，在每一个星期放学之后我便留下来辅导数学，一个熟悉的宽大肩膀的中年男人（我爸爸）又增加了进出校园的次数。

　　那是在一个双休日，数学老师刚好空闲，同意了我在她那里学数学。星期六的早晨，阳光明媚，我正坐在数学老师旁边做着作业，忽有一道难题难住了我。我望向窗外，似乎看见硕大的云块随风飘动。定睛一看，其实并非云动，乃是心在动。数学老师也看出我走了神，便提醒了我几句。

　　不久，向门的那一片天似乎暗了下来，还似乎夹杂着雨点。果然，一阵急雨下来。可是东边却还是阳光明媚。此时一条七彩带在雨后天空之中若隐若现。"东边日出西边雨，道是无晴（情）却有晴（情）！"我似乎看见了爸爸那宽阔的肩膀，强健的身体，却不复从前那爽朗的笑容。我似乎从眼前的天气变化中读懂了父亲对我的爱。其实过多严苛的教育并不是一种罪过，而是一种真正意义上的期待啊。

但愿这一座彩虹桥能够拉近我与父亲之间的距离。

最难割舍的是亲情

在家的时日，总是郁郁寡欢，默默无言，只能冷眼对着惨白的墙壁。纵使有几缕阳光透过窗隙射进来，可总是冷冷清清的，此时的家中，没有渴望的亲情，他们都出去了。黯然的我躲在房间的阴影之中。

他们很忙，忙得很厉害，似乎每天都如此，似乎都忙到呕心沥血了。妈妈在天蒙蒙亮时便打开店门开始营业，为家里赚钱；爸爸整天都有事，外面的大小事务全部交到他的手里；哥哥也没闲着，一边有学科的考试负担，另一边却还有一身的商业问题。我呢，也是为了读好书而时刻努力。我们一家人都很忙，忙得都没时间在一起了。

今天又是一个星期六，因为妈妈一整天都在市场看店，没有工夫来为我做午饭。我也不愿去恳求妈妈这样那样。还是爸爸去买午饭来给我吃。尽管爸爸是百忙而无一闲，却还是从很远的工厂急忙赶回家中，只为了给我带一顿午餐。等他到我面前，我清楚地看见，他耳上却还藏着一支普通的记事笔，发间还淌着汗水……

忙碌中也一样有亲情。

有家真好

我，是个极其恋家的人，真希望我走到哪儿，家就跟到哪

儿。因为有家就有爱。

我同情那些流浪者，因为他们只是孤身一人，在社会漂泊，在人生路上独行，漂泊不定，没有依靠……久而久之，他们就没有了家的感觉，没有了爱的感觉……

"有家真好"，那里充满浓浓的亲情。许许多多的人正因为家庭而享受着幸福的美好生活，也正是因为家庭，许许多多的人才懂得爱，懂得什么是幸福。而正是爱把许许多多的人紧紧地连在一起，世界将会因此变得更加美好……

我爱在夜里赏月，我常常沉缅于遐想……那月上的嫦娥是不是非常寂寞呢？独自一人飞上那冷清的月宫，虽能长生不老，却难免寂寞。要是让我选择，我是会选择留在人间的。一个人，没有一个亲人，没有爱，活得再长又有什么意义可言呢？

我觉得我太幸福了。生长在一个美满的家庭中，我有父母、哥哥姐姐能够伴我。可是，那些流离失所、父母离异的孩子们，是多么的可怜啊。我一下砸破了我的小猪猪储蓄罐，拿出我积存的准备买飞机模型的钱，捐给正需要钱的一个家庭，给需要一份浓浓的亲情的、和我一样的同龄孩子们。

因为我认为，每个人都应有一个美满的家庭。

有家的感觉真好！

为妈妈准备礼物

星期五的晚上，疲惫的我放学回到了家里，继续做我那永远做不完的作业，几乎就要忘记那个感谢母亲的日子——三八妇女节。

晚上10点，照例我要在作业完成后去看一会儿电视。恰好爸爸妈妈都躺在床上看电视，于是我便坐在床边陪着他们看着听着，偶尔可能会提到我。这时妈妈提醒了我：波波，明天就是"三八节"了，你每年都送妈妈一张贺卡的，今年呢？爸爸却说我只要用功读书就行了，不要花费时间去做那些事情了。

我便跑回自己房间了，其他事情一概也不理，但却把这件事深深地种在了心上。第二天，整天都被安排得满满的，早晨去英语老师家补习，下午去数学老师那里补课，似乎没有时间再去想该在3月8日这一天怎样为妈妈过节日了。在英语老师家一呆就是一上午，知识上的收获不是很多，心里却为妈妈想了很多。时间过去很快，时至晌午，到了放学时间，我竟在小吃店里碰上了同班的几个同学，其中龚何波下午和我一样去补数学。吃完饭后，另一个同学被我们撞见，他正买了花从农贸城出来，还说一元钱一支玫瑰，送给妈妈再好不过了。于是我心生念头，在补课之后和他们一起去买花。龚何波欣然同意陪我一道去。这样，我心中的一块大石头才落地了。

补习数学时，我又问了两个同学要不要一起去买花。他们一听跃跃欲试，大家都迫切想趁此机会向母亲表达心意，用鲜花传达自己对妈妈的爱。

数学课结束了，我们4个人一齐向农贸城去，只为买花，只为母亲。而几个不熟门路的学生想买束花又谈何容易！我们起初跑错了楼层，后来因为想买好一点的花，瞎绕在农贸城的花鸟市场。路走遍了，腿也跟着乏了。我们最后决定在一家买。这家老板也挺善良的，看我们是学生，便给我们优惠价。一个同学比较阔绰，为了表心意，竟买了一大把价值百元的香

水百合。我没有带够钱，老板也看出来了，于是介绍我买另一种也比较好看的束花，只需 25 元，其中花朵零星点缀，花朵小而不失雍容华贵。我最后买下了它。

可是，出农贸城之后，我打电话给爸爸，没想到他已经为了找我打了好几个电话询问朱老师。我实在是生自己的气，虽然我心中想的是妈妈，却急苦了爸爸！

唉！可怜天下父母心，我该用什么报答父母的爱呢？先献上小花一束，聊表我心吧。

世上还有爸爸好

"世上只有妈妈好，有妈的孩子像个宝……"我静静地躺在摇篮里，妈妈就坐在旁边，轻轻地摇啊摇，伴着温柔的歌声，安详地眯上眼，睡去了。

在我的心中，妈妈就如我的守护神一般呵护着我，如那脍炙人口的歌谣一般伴随着我的长大。那爸爸呢？妈妈说爸爸出门挣钱啦，等他回来了，波波会有好多好多的东西吃的。我憧憬地望着那个路口，等着爸爸从那里回家。我回过头好奇地问妈妈："爸爸真能回来吗？""能，一定能。"妈妈坚定地说，却带着辛酸和苦涩。

这几年来，什么风霜雨露，什么苦果沧桑，爸爸都尝遍了。从小学到中学，爸爸做的每一件事都是为了我们这个家。虽没有奢华的物质条件，这个家却给了我无论任何人不能给予我的崇高的父爱。

在我们家经济还是十分困难的时候，爸爸就在外劳碌着。大小的买卖都是爸爸在经营着，无论多么的不如意，爸爸都没

有退缩。一个雨天，这一天黑得很早，刚黄昏的时候吧，不见光。这一天家里已揭不开锅了，剩下一些米糖也煮着吃了，我们全家人都望着窗外。比我大 9 岁的小哥哥干脆躺在床上了，妈妈也把我领到床上："快快睡吧，睡着了就不会饿了。"窗外电闪雷鸣，被暴雨打落的树叶都盖满了一地。"咯嚓"，几根粗过手腕的树枝竟叫雷给硬生生劈断了。

"咯吱"，一个人推门进到家中。啊，是爸爸！浑身都被雨水淋透了，裤子也破了，想想也许是路上磕的吧。"快叫孩子们都起来吧，我带回来些饭菜，晚饭都没有吃饱吧？"爸爸说，"我在外面吃过了，你们快吃吧！"我们将信将疑。刚吃着，爸爸又转身出了门，远处还传来铃声和雨声。"晚上你们早点洗洗睡吧，我就不回来了。"爸爸的声音有些哽咽。

我后来才从母亲口中获悉，爸爸那天根本没吃东西，把他身上的钱全给我们买饭吃了。

"世上还有爸爸好，没爸的孩子像根草……"

我尊敬的哥哥

"儿子啊，你怎么还无所事事地在家啊，别人家的儿子到了你这个年纪早已找到了一份好工作赚钱啦，为家里分担了。"爸爸的埋怨声从哥哥的房间里一阵阵传来。

我出生在一个幸福的家，威严而正义的父亲，慈爱的母亲，还有一个总是和我闹别扭、身材高大的哥哥。我的哥哥足足比我大了 9 岁，自然比我成熟不少，有什么大大小小的事爸爸都让哥哥去做，只让我在一旁看着就好。

哥哥的饭量非常大，一顿几乎可以吃得下一只小牛犊，看

着哥哥这么能吃，我十分惊讶。不仅饭量大，哥哥还挺能睡的，一觉能睡到日上三竿了，差不多洗了脸，刷了牙就可以吃午饭了，往往是我上学去了，哥哥才正睡熟了。

这天下午，我偷听到爸爸妈妈正在房间里讲话，说是哥哥正准备办厂做生意了，今天去看厂房了。"我的妈啊，哥哥怎么这么厉害，竟然也会办厂做生意了？"我心中不禁想。只听爸爸又说："嗨，别理他，简直就是初生牛犊不怕虎嘛，看着吧，不出 10 天这厂一定办不下去。"

就这样过了一天又一天，每天放学回家总是不见哥哥，连晚饭也没回来吃。"咦，哥哥是怎么啦，每天不用催，他都是第一个坐到饭桌前的。"我疑惑不解。"你哥哥在厂里忙着呢！"妈妈对我说。

这几天哥哥真是起得比鸡早，睡得比狗晚，床还没捂热就到厂里去了，早晚都见不到他的踪影。更奇怪的是，房间连换洗的衣服也没有，难道他自己洗的？一个星期过去了，两个星期过去了，经过哥哥的努力，哥哥的厂开始走上正轨，工人也越招越多，订单也与日俱增。爸爸和我一样一改往日的看法，开始把赞赏的目光都投向了哥哥。

哥哥终于回来吃晚饭了，他说出了自己的目标，要赚钱为家里分忧，为了我能读书，能幸福。

我开始尊敬哥哥了，我原本认为他只好吃懒做，真想不到他也有这般决心。在今后学习的道路上，我也要像他一样努力！哥哥，你是我最尊敬的人！

　　为了让我增长见识，"五一"和"十一"长假，爸爸都会带我到外地旅游，有时也会选择在野外烧烤。

第九章　生活好精彩

2007 年的最后一声爆竹

2007 年的最后一天，我们一家收到了舅舅和舅妈的邀请。舅舅一家很早就出外做生意了，长期在青岛经商。舅舅这种勤劳致富的经商精神，让他在若干年后挣了不少数目的钱。现在他们终于在农村建造出一栋锃亮、崭新气派的楼房，替代了原来小而矮的旧房。

当我们一家应邀来此时，真的惊呆了：高达六七层的楼房在农村是一流的，门前原本已干涸的小沟现已改造成为流动的河水。清晨，震耳欲聋的爆竹声响彻行云，金光似乎也被太阳收了起来，躲在那棉花一般的云朵后面了。响声不断，终于停止。顿时，馒头如倾泻不止的瀑布水一落千丈。底下等着的人们正措手不及，满天的食物如星斗般坠落，真的不知该捡哪个才好，用一句不恰当的话来说，真是吃着碗里的，想着锅里的。抢"福""发"馒头和糖果的人大都满载而归，只剩下几个不化的老顽固，看见真的不再扔时，才不情愿地走了。

自上午至晚上，舅舅家热闹不断，亲朋好友都来串门祝贺，并留下来吃一顿饭再走。舅舅家烟雾缭绕，人头攒动，夸张点，简直接踵摩肩。而我们这帮"孩子兵"自然是最开心的了，早早地便坐在饭桌上了。

夜晚的天空，更是夺目的绚烂，因为有火炮的伴奏和点缀，乡村中难现的七色彩灯却在舅舅家四周放射耀眼的光芒。"砰，砰……"爆竹在门前射出，在天空中爆炸了，炸散了四周的云，在天际划出一道美丽的 360 度弧，照亮我们的天空……

2008 年第一场雪

咦，为什么坐在靠窗的几个同学都把头转向窗外呢？在蒋老师的提醒声下，他们才意识到自己发呆了，走神了，因为当时正上着语文课。

白皑皑的小雪披天盖地从天下降，瞬间已经爬上了树梢，铺满了教学楼的屋顶。冰冷的雪顺着窗户的缝隙钻了进来，教室内的空气骤然凝固了，从同学们口鼻中呼出的气息也化作了白色的雾，弥漫在教室里。坐在教室里的每一个人似乎都已经不在听老师讲课了，心思全部都落在了 2008 年的第一场雪上，等待着下课，等待着去看雪……

"铃，铃……"一阵清脆的铃声过后，蒋老师宣布下课，全班学生像飞奔的马一般踢开羁绊，冲出了教室，每一个人都用手试着去接住从天而降的白雪。经过了一节课，雪越下越大，已经覆盖住了校园的操场和小山坡。整个校园似乎已经过粉妆玉砌一般，银妆素裹的树草随着风雪摇曳着。

在风雪中，我们似乎迎来了新年。

冬至来临

这一天似乎又与往常的日子不同了，因为再有两个星期吧，就将迎来冬至，随即期待已久的圣诞节也将来到。来到教室里，同学还是一样的同学们，老师还是一样的老师，只是天亮得晚了，黑得却早了。但是我们却没有因为天气的变化而改变我们的学习时间和计划，学习的热情还是那样高涨。

又到了放学的时间，广播里传出了教导主任的声音："七、八年级请注意，因为这几天是一年当中白天最短的日子，所以天黑得也比较快，为避免学生过迟地回到家中，现在七年级的学生可以放学了。"一阵音乐声后，教室内又恢复了安静。因为下午老师们都无暇顾及我们，所以班主任安排我们自习，考验我们是否能够自己主动学习。

窗外的天空灰蒙蒙的，已经不是早晨来时那般金光四射，温暖怡人了。南下的北风呼呼地吹了起来，干枯的年逾古稀的老树，连可怜巴巴的叶子也似乎成龙卷风般散向远处。操场上，草比沙少，所以沙中的粉尘吹得飞扬在空气中，一颗颗微小的尘粒弥漫在空中。

现在，已经是下午的 4 点 55 分了，教室内的光线明显已经不够了，灯光在校园的各处亮了起来。5 点钟还未到，刘老师宣布放学了。望着操场上仿若两只"沙蝴蝶"相互戏舞，心情有些寂寞。一滴水从天而降，打在我凑巧伸出手掌的手心之中，霎时，却在我手掌间消失了，化作我心头上的一团水汽，一片心云……

放　炮　仗

古人云："世间自有真情在。"曾经有多少人和事物把你感动，把你吸引……

那时，冬天的积雪还未完全融化，我正在积雪的大院子里放炮仗呢。那时的我可没有现在稳重成熟，什么事儿都得头一个儿尝新鲜。

"砰！"又一个炮仗随着我们几个小伙伴兴奋的叫喊炸开

了。每次炸开，我们都会拍着手叫："炸开喽……"我又想出一个妙点子，先堆了个小雪丘，然后把几个炮仗的导火点朝内，呈一个花瓣状，里面那圈就是花蕊了，待会儿就要点着它。我又把炮仗往里放了些，然后就点了，先是中间跳跃着红色的、黄色的、橘红色、橘黄色的燃烧的火焰。我欣喜地往伙伴们那儿跑去，然后静静地回头瞅着，先是一声"嗞嗞"的声音，然后就没声了，像是受了潮，熄火了。

我们正纳闷呢，我率先做了领头兵，先是把头向那个瓣状的炮仗仔细看了看，把手向雪丘移动。"砰！"炮仗炸开了，飞溅起来的雪沙子和刺鼻的火药味儿洒进我的眼睛里，我的手一阵剧烈疼痛，……

爸爸闻声赶来，带着我焦急地赶往附近的诊所。爸爸的眼神流露出一丝忧郁……

"快乐回家"

不管时代如何进展，也无法改变某些根深蒂固的传统，比如过春节。每逢新春佳节，游子们都会从四面八方赶回家中，不论是有多么紧急的事情也比不上与家人团圆的机会难能可贵。亲人们杀猪宰羊，就是为长年在外的亲人接风洗尘。

工作在城里的广大农民工们就怀揣着这样一颗热切的心，企盼着回老家与妻儿团圆，向亲戚朋友拜个年。可是他们这微薄的愿望却并不是那么容易实现的。比如这个叫张大伯的农民工，这一年他想在外地多挣些钱，不回家过年了，免得把钱和时间都浪费在来回的路途上。可是，就在大前天，自家种的田全被黑心人灌进了污水，这不，田坏了，种庄稼的本钱全赔

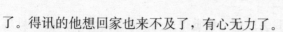

了。得讯的他想回家也来不及了，有心无力了。

现在，"快乐回家"这个活动开展了，有关部门出资把1000多名农民工免费送回家，搭的还是"专机"呢！他们向农民兄弟保证，一定让他们开开心心过大年！"独在异乡为异客，每逢佳节倍思亲"，张大伯一下飞机就直奔家里。"妈……""儿啊……"母子相见，热泪盈眶。

年老的母亲赶忙到厨房下了一锅热腾腾的饺子，接待儿子和不远万里来的记者朋友们。母亲为记者们每人端上了一碗刚出锅的饺子。母亲的手有些颤抖，看得出她非常激动。这时是凌晨，正是除夕前夜。

"快乐回家"这个活动创意很好，我觉得特别亲切、温暖。

脸上有个疱疱

又是新的一天，新的一个周一，我呢，还好，还是老样子，只是眼下长了个脓疱而已。也没什么，就是紧挨着眼角，微微发红而已。想必是发炎了，眨眨眼，还有些疼。情不自禁地摸摸，又想起病菌都靠接触来传播的，手也就缩回来了。

可能按捺不住心中的疑惑，总是想啊想的，可也想不出个所以然的，牵涉到医学的知识，总是复杂的。

话说回来，脸上长个脓疱总是不好看的，其实不注意观察，是难以察觉的，除非一直在看着我，才会看见那一粒像小红斑块似的东西。也真怪，四节课上完后，排队时就被许多人发现了。第一句总会问："哎，你眼睛怎么了？"我能怎么样呢，只能移移眼镜框当作若无其事的样子罢了。

吃完中饭，我就早早地回到教室，爸爸早晨送我来时，说会在中午来接我去医院。我觉得只是发炎了，没什么的，只是有些痛而已。爸爸应约来了，同学们也陆陆续续地来了。爸爸和正在教室里的科学老师商量。科学老师知道我的病情后，一边开起了请假条，一边说为什么不到医务室看看，总不用明天再来吧。

我去了趟医务室，门硬梆梆地锁着，走廊里来了一个人，原来她就是医生，原来这里可以看我的脓疱，还是"小病一桩"呢，说擦过药膏就会好了。药盒上还清晰地印着它的价格0.5元/盒。

唉，就这么点小事啊……

良辰吉日

星期四的晚上，不，确切的说应该是星期五了吧，我竟然在城市居民都酣然入梦时起床了。我想，除了"夜猫子"，没有人会在凌晨两点钟从床上起来的吧？

星期三，爸爸无意在谈笑间说起了早起这件事，起初，我以为爸爸只是说着玩的，是想考验我是否有胆量，我便不经大脑从口中冒出一句话：那当然了。想起当时自己拍着胸膛说话时的武断和不经思考，就感到可笑。

在星期四的夜里，我已经"时刻准备着"，听那早晨最早的一阵闹铃声。当月亮正在以她清明的光照亮大地时，我们一家人便起床了，就连一向瞌睡的哥哥也早早地起来了，只有我不肯起来。哪能啊？最后在父母亲合力下，才把我从床上拽到了车上。我呢，倒头就睡，只依稀看见窗外的"黑"在移动。

也不知过了多少时间，我感觉车已经不动了。也不知车什

么时候停的，更不知道车上的人是什么时候下车的，因为我正躺在车座上做我的黄粱美梦。

后来，车前方的空地上出现了许多人，正摆着桌子，桌子上有各种食品，还点上蜡烛和香，不知正在做什么。定睛一看，才知道都是我的亲戚，什么舅叔嫂婶，伯姨叔奶，总之，只要能来的都已经来了。而他们踩在脚下的正是那还未动工造房子的沟壑纵横的地皮。

爸爸把我从车上拉起来，叫我一起去拿香，拜完了天神，拜土地爷（总之没有神祠与牌立）。就这样，烧香过后接着放鞭炮，那响声，几乎要把老家全村的土地炸得震起来。然后浇黄酒，烧黄纸，最后又朝池塘拜了拜，听了一个年逾古稀的老人说了半天话，像是祝喜保佑的话。最终，礼花放完了，看样子是结束了，天似乎是亮了许多，却还没有非常亮。

黑夜来，黑夜走，父亲为我们哥俩建房竟然如此操劳。我尽管困得一塌糊涂，还是有些感动。父亲几乎一夜未眠，鬓边白发早现啊！

龙　灯　会

"遥远的东方有一群人，他们都是龙的传人……"龙是中国的象征。可是，龙却是一头前人虚构的怪兽。龙的体形十分奇特，它角似鹿，头似驼，眼似兔，项似蛇，腹似鳍，鳞似鱼，爪似鹰，掌似虎，耳似牛，就是这些动物的综合了。

据说是古时氏族社会，每一个部落都有属于自己的标志，都以一种动物作为自己部落的神物和象征，打仗时一个族灭一个族后把那个族的标志的一部分提取出来，加到自己的标志

中，打到最后，胜利者把各部落的部分动物图像拼凑起来，就
成了龙。

现在，人们已经把龙想像为避邪祛灾的神灵，龙成了中华
文化的一个传统标志。这不，迎龙灯也成了"十五闹元宵"的
一大特色。

在迎龙灯期间，龙灯队伍声势浩大，龙头龙尾起码相距好
几百米。我从龙尾开始往前跟，跟了好半天，抬头望前看，还
没看见龙头的影子呢。周围满是人，两旁的民房中都伸出许多
个脑袋来，赶上这龙灯会。四周围灯火通明，锣鼓鸣天。龙身
弯曲起伏，似腾云驾雾，每一节的龙身上都顶着几顶灯笼，人
走下面扛着走时，龙就像欲飞九重天似的。灯笼里蜡烛闪眼跳
明，映得红纸满是红光。我挤开周围的人群想跨过龙身到空旷
的另一边去。我刚抬起脚，爸爸连忙赶上来，拦住了我。我发
现在爸爸的前后有一双双严厉的眼睛正瞪着我。爸爸给我意味
深长地解释道：龙在当地是神圣的，谁也不能在龙身上撒野，
谁要是敢跨过龙身就是不敬，当地人也不会给你好果子吃。我
舒了一口气，只好在接踵摩肩的人潮中寸步挪移，好不容易来
到龙头。只见五彩的锦旗把龙头护住，龙头上有 27 盏红灯笼，
颈上龙鳍。

无数的龙灯在窄窄的路上依次排下去，照得整个小镇栩栩
生耀，如一片仙光笼罩着，庇佑着这些龙的子孙。

脑脑与言言

这些天，天气骤然冷了下来，站在户外，不时地从嘴里哈
出些白气来，手也有意识地把衣领往上翻，我的小床凉冰冰

的，叫人不敢爬上去，是寒冰床吧！

　　房间周围都冷极了，平时已被我漆成暖色的家具都不起作用了，似乎权当了摆设，可是书桌旁已摆得整整齐齐的书让我停止了不停地哆嗦。台灯还亮着，放出的是白光，照在脸上，嘿，是暖的！在灯光的映衬下，旁边的电脑和电话机更是闪烁着。这是我的两个新朋友。

　　我来给它们取个名字吧，嗯，这个就叫脑脑吧，不就是代替人们的头脑来使用的吗？另一个嘛，就叫做言言吧，就是为了来传播信息的，是通过语言的方式。两个朋友既不会动，不会跑，不会跳，更不会跟我谈心、诉苦。脑脑似乎老了，周身一层淡淡的黑灰。郑渊洁编写的童话故事中就有一个名叫张脑脑的小家伙，英文名就叫作"脑脑·脑脑·张"，果真，他便成了脑子最发达，最聪明的人，年仅 12 岁，担任国足教练，为国夺得新世纪首届冠军。我想我一定也能够通过脑脑来补充我的脑力上的不足。言言却是聆听高手，为人传播信息，为人送去温暖，为人送去知识，甚至送去生命……

　　爸爸为了我，把脑脑和言言都安插在我身边，作为我学习、生活中的伴侣。脑脑和言言就像在黑暗中闪烁的明灯，为我指引方向，照亮前程……

朋　友

　　有名人曾说过："友谊就是栖身于两个身体之中的同一灵魂。"马克思也深刻体会到："朋友亦即患难与共。"

　　著名主持人崔永元也曾经这样说过："朋友是这么一批人，是你容易忘掉的人，是你痛苦时第一个想找的人，是给你帮助不用说谢谢的人，是惊扰后不用心怀愧疚的人，是你走麦城也不对你另眼看待的人，是你步步高升对你称呼从不改变的人。"

朋友的价值非常宝贵，痛苦时，有些事情常不愿与父亲母亲心灵沟通。却希望与朋友尽情发泄，无所不谈。

在我看来，友谊是两个人在相处后，彼此信任而迸发的火花。这火花必经过岁月的磨砺，才能绽发出它的光芒色彩。

曾记得，我们家以前很穷，有一年，我到了上小学的年龄了，瞅着别的孩子欢快地唱着，背着小书包，兴冲冲地跳着进了小学的门。可我呢，我进不了，因为没有钱。往日热情的旧亲都变冷淡了，形同陌生路人。但有一位老伯借给了我们钱，听说他曾与爸爸是知已呢，尽管那位老伯家也并不富裕……邻里听闻，纷纷解囊相助，我顺利上了小学。

现在爸爸和老伯日益憔悴，可他们的友谊永远封存在我的心灵里了。

清明扫墓

每一年清明，我们家都必须去上坟，祭祀先人。

我们踏上了回老家的路。一路上人烟稀少，大概都去尽自己的一份孝心了吧。到达家乡，就看见许多老乡正成群结队地从那个山头上提着灯笼走下来。此时，天已经渐渐地暗了下来，给夕阳蒙上了一层淡灰色的雾霭。我们匆匆按照传统方式买了火炮冥纸，便心急火燎地驾车向那座山头上赶去。等到下车的时候，天已经变成了暗灰色，我心里怦怦地直打鼓：清明、清明，怎么如此黑暗呀？

我们登上了爷爷奶奶的"住处"，这里的野草、野花奇异

地茂盛。我们拔杂草，挖一把带有新春生命力的春泥，撒盖在那荒凉寂寞的坟上。一时间，鞭炮声响彻行云，鞭炮纸屑四溅，耳边震声彻天。那在天国的爷爷奶奶，也一定能听到这来自远方的问候，感受到亲人所带来的温暖吧。

亲人的温暖，仿佛化作这清明的一缕爆竹烟，缭绕在这山林之间。

喜乐闹元宵

每当农历正月的初九，村里的灯会都要组织村民舞龙灯。乡村有个习俗，村里的龙灯一般都会到隔壁村活动，以示走亲访友，团结共享太平之意。龙灯所到之处，家家户户定时在自家门前摆满烟火炮仗，锣鼓喧天，爆竹声响彻云霄……声势与气魄，盖过了除夕夜的热闹。

元宵节前夕舞龙灯是我们村的传统，那时村里的 100 多个壮年男子驮着被称谓"龍皇"的尊主走村访客，在每个村场所里把龙灯舞成几个圈，先由龙头慢慢进去，然后再让龙头慢慢出来，龙首在圈内，龙尾在最外圈。那场景，似乎是非常重大的事件，关系到一个村子以后的发展和运气。

这个晚上，爸爸突然告诉我今天是村里舞龙灯。因此，我匆匆吃了几口晚饭，和爸爸妈妈哥哥驱车回到老家上甘村。今年舞龙灯活动，哥哥第一次有幸参加，并负责舞龙头。粗粗的红绳，绑在哥哥腰间，这也是中华民间传统舞龙灯的一个环节。只要在腰间系上一根红绳，便说明自己是舞龙灯的成员了。我还真为哥哥而骄傲呢！当旁人流露出羡慕的眼神时，心中似乎也得意了很久。

夜幕降临，爸爸让我和姐姐的儿子一起各提一个灯笼，用竹棒和铁丝或棉线绑住灯笼的上端跟着龙到各村走街串巷。听说只要提着一个灯笼到各村去，他们都会毫不吝啬地准备好的馒头相送。这是传统的习俗，这令我不禁想起西方的传统节日——万圣节，也形同这般，只是自己装扮成一个人物或动物造型，挨家挨户去要糖果罢了。

我和小外甥跟在龙灯的队伍当中，看着漫天缤纷的烟火，听着震天的爆竹，吸吮着这盛日之中弥漫着的快乐气息。我把手中的灯笼提到最高，似乎想照亮这四周的一切一切。喜庆的人们，高耸的楼房，宽阔的马路，幸福的生活……

我们顺着龙灯的大队人马继续往前走，龙灯的灯笼里点起的蜡烛已照得两旁的田野亮堂堂的，就连路边的野草也照得分外分明，比平常更有一番韵味。这时，抬护龙头的3个人把龙头放在一座庙宇前，顷刻间彩炮满天，炫目的光亮灿烂了这夜空的一角，照亮了整个上甘村。

龙头前面拿巡灯的已经开始往回走，这几个跟我一般大的孩子似乎就是在给龙灯护驾。数了数，有4个灯柱排成两列，每个灯柱上各自镶嵌着一个字，我一字一顿地念了出来："'龍'、'皇'、'大'、'德'"。走到接近我家的一户人家前，龙头又停住了，可是两个锣手却不停地敲打着，荡气回肠的锣声始终有节奏地响着。"砰，砰，砰……"几个礼花一轰而上，从卷筒般的礼筒中喷射出来，散落在天空中，斑驳陆离的彩纸纷纷坠落，落在了我们的肩上、头上、眉梢上。

这时，后背似乎是被谁碰了一下，第一次我并没有发觉，只是我听到谁叫我名字时，寻声而去，只见是嫂子正站在我的身后。因为哥哥和嫂子刚结婚，所以初到此地。嫂子对这新地方很不熟悉，所以我们三人便一起走着。到了一户大院子的门前，三五个上了年纪的和像是已成家的人脚下摆着数筐馒头和饮料，正热情洋溢地分发。我和小外甥赶忙提着灯跑了过去，都被分到了一对馒头，可是当嫂子去要馒头时，人家却不给了。原来想要馒头得要手中提着一盏灯笼，为他们送去祝福。

弄懂了是怎么一回事之后，嫂子从爸爸那里拿来一盏灯，走到他们面前，自然得到一对馒头。想到人人都是这样，便也不敢奢求太多，便随着簇拥的人流向前走去……

几个小时过去了，现在已是午夜12时，可是天空中炮声依旧，忽明忽暗的天空使人们倍感传统的亲切。外面的炮火依旧响个不停，龙灯不停地在村子附近游离着，看客渐渐少去，天边已经透出丝丝晨曦。人们在昨晚把一年的希望都裹在炮仗里燃放，把一年的祝福都点燃在盏盏蜡烛上……新的一年，人们一定会更幸福！

乡村生活印记

常常想起在乡下农村的外婆家发生的一段童年经历。那是秋天里一个凉爽的日子，因为外婆做的芹菜煎饼吃腻了，就想找些其他东西来尝鲜。

"哎，和我一起去打猪草吧！"一个孩子向我挥手。

"好，我来了！"我一边应着，一边跟着他走。

"我们得快点儿，必须在天黑前回来。"他的眼神闪着一种局促。

我手里攥着一把已经枯黄的狗尾草，在两边长满猪草的小路上走着。我停下来时，发现他早已开始用镰刀娴熟地割猪草。他的肩上一直背着一个筐子，现在，里面已经堆积了大半筐的猪草，份量明显重了。我躺在地上，仰望天空，太阳已经落到山顶了。不知何时，口中又苦又涩，我舔了舔嘴唇，觉得口渴难耐，顿时坐了起来。

"有什么果子可以解渴吗?"

"有啊，在这个村子的后头，有一大片橘子林，可是，很少有人知道那儿，去那儿摘果子。"

这么说，那里应该硕果累累，却无人问津，亦人烟稀少，我想。

猪草打了一箩筐，浅蓝色的天空也变成了深蓝。我不得不打消了摘橘子的念头。别离前，他告诫我说，村后的橘子林正值丰收，不趁早去摘，恐怕会烂的。我轻轻地"嗯"了一声。

也许是第一天想到可以尝到鲜美的橘子吧，也许是太兴奋了，第二天竟然忘记了"橘子林"。

终于，金秋进入尾声，西北风"嗖嗖"地吹，吹得我想起了那个橘子林。我心急火燎地赶到橘子林，光秃秃的枝头，掉满了一地的烂果实，发散着腐烂的霉气。

新年的钟声将要响起

闲时，翻了翻日历，才知道正值农历十一月份。哦，哦，哦。2006年是闰七月，比以往整整多出一个月。这不，我们已经提早开始学下学期的知识了。等过了这个月，便迎来了新年——吉祥如意的猪年。

突然，有一种莫名的感伤触动我的心头。如今，由于繁忙的学习任务，压得我们这些中学生们"披星戴月"般地在求

学。茫茫白天，在教室里度过，在书本中熬过，在老师不停地说教中溜过。只有晚上顶着星月才能回家见上父母一面。呵，中学和小学的放假制度都是由教育局定的，来不得半点自由和随意。而我，将在绣湖中学过完了我的第一个学期，我必须在中学过一个寒假了。或许，在小学是稚嫩的，放寒假有说不完的乐趣，过新年有玩不完的趣事。在中学，就是成熟的，面对寒假，却是一片茫然。

"咳，咳，咳……"我不知什么时候感冒了，鼻塞得特别厉害。窗外的冷风呼呼直吹得玻璃"嘶嘶"地响。这也许就是迎接春节最好的哨声吧。从远处传来的鞭炮声也证实了一切。

一道火光划破夜空，随即一声巨响，烟花在夜幕中"开放"了，五彩缤纷。我想起了6年的同窗好友，当时和我最要好的3个同学不知都怎么样了，只知道其中两位正在另一所中学就读。但愿他们的日子都如同烟花，灿烂而美丽！

眼镜不是隔阂

我的鼻梁不知何时，就担当起了负载眼镜的重担。当架在鼻梁上的四方眼镜掉于眼下时，瞬时，觉得世界异常迷糊，似穿上了一层薄如蝉翼的纱巾，朦朦胧胧……

近视的人，观察自然必少不了眼镜，使自己看得更加明了、清晰，虽有2寸的玻璃挡在眼睛前，却使这天堂更加集中。人世是什么？是真善美的凝聚，也是假恶丑的集中，这个爱憎分明的世界中，眼镜帮助眼睛犀利地观察着社会……

眼镜不是阻碍。以往，人们看戴眼镜之人必是饱学者，或是才子。眼睛，是心灵的窗户，是眼镜把这扇窗户关上了吗？

不是的，你看那目光依旧澄澈，在眼镜的配衬下，人显得有文化修养且实诚，因此拉近了你与他的距离。

眼镜不是枷锁，却能锁住人的思想，眼镜不是负担，却会让眼睛成为负担；眼镜不是发条，却会扣紧你的心扉……

透过 2 寸薄的玻璃片，可以读懂一个人缜密的心思、崇高的思想、踏实的行为……

一间新装修的房

听说近日家中添置家具了，可不，是装修房间了。我好奇地走进一间刚装修好的房间，四面用墙纸覆盖着，星星点点的杂草叶，木质的地片，宛若进入一片灌木丛内。

房间并不大，最多也只能容得下一辆桑塔纳轿车，也许把它拿来作停车库更好吧，可是它又居人之上，建在 4 楼。仅有的 20 多平方米，令我觉得无限狭隘。拨开窗帘，窗外，远处是朦胧的山峦，只有模糊的外轮廓，就像中国画只用渲染一般疏淡。

我早就打算好并拟定了切实的计划，比如说每天放学回家，饭后便能够在这个房间内，茶几上做我的作业，虽没有高床软席，却有别致的小板凳，作业中无意间……

周身传来幽静、长远的声音，在窗外的小区深处流淌着，流淌着，从我的耳边到我的心里。静谧的白色灯光。我讨厌霓虹灯的闪烁，因为它只是陪伴着灯红酒绿的奇异街市。舒心的夜风，轻轻地把我的思绪拨清，我讨厌空调房里释放出的过份温暖……

俯身品味，而后，才知道哥哥将临喜宴。我呢，却茫然无

知，却也一天天地逼近成熟，走向稳重。

一　天

"啊，头好痛啊……"早晨一醒来便发觉自己的头好晕，止不住的头疼钻心般地刺痛着我的太阳穴。我用手背靠了靠自己的额头，还好，不是很烫。我试图从床上爬起来，只是眼前黑糊糊的，发觉自己站不稳了，天旋地转的感觉。"咳，咳，咳"我咳嗽声不止。我估计是昨天受凉的缘故吧。

因为感到十分的不舒适，就算在这样的早晨，我也觉得提不起精神来，整个脑子昏昏沉沉的，呈浆糊状。因为这样，不知何时我又睡了过去。现在，我真正体会到了"病来如山倒"的状况了。到了上午9点左右，爸爸亲自去为我买了治头疼和咳嗽的药，霎时间，我觉得生病的孩子是多么幸福，可以依偎在父亲强健的肩膀和母亲温暖的怀抱里。就着爸爸为我打来的开水，我吞咽下那一大把药后，便安静了下来。当然，也就是因为这样，下午的数学补课自然也就去不成了，特地向老师告了病假。

到了下午，我还躺在床上，可我并没有觉到感冒有什么好转，只是头不再那么痛，也不再那么晕了。到了下午五六点钟了，病魔才慢慢退却了。

现在想想，一个被病魔纠缠的一天，也是一个被爱包围的一天！

爱，或许能治百病。

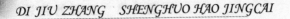

意　外

今天，又是一个人在家，除了作业还是作业。终于熬到了中午，腹中唱起了"空城计"。"看来等待老爸老妈是没指望了，还是我自个买包方便面泡得了。"我自言自语。

从储蓄罐里掏出几个钢镚儿，慢悠悠地走下楼梯。我突然郁闷之极：钥匙给哥哥借走了！在门口徘徊，决定要不要去楼下买。下楼去？虽然买到东西，但门要是锁上，就进不去了，门不锁上，小贼便可顺手牵羊。

我决定还是把门虚掩着，自己以迅雷不及掩耳之势冲下楼梯，然后又以百米冲刺的速度跑回了家。发现门有些开了！我猛地意识到，有人进家中了！"小偷！"我差点大叫起来。我屏息上了台阶，都能听见呼吸的急促声和心脏狂跳不止的声音。我蹑手蹑脚地在几个房间穿梭，似乎比小偷还紧张。小偷也许在客厅内，怕是怕他穷凶极恶，像我这种"手无缚鸡之力"的人怎能独身应对歹徒？心已像跌进了无底深渊，再也爬不起来。

一张憨态可掬的脸呈现在我眼前。"小朋友，刚才是你打电话送水的吧？"我猜八成是老爸打的。"嗯……"我乱答一气。看见这个人笑嘻嘻，没有一点恶意，我的心总算是踏实下来。那人送完水，便又笑哈哈地背起空瓶走了，临走时还不忘扔下一句："门没锁，可别说我是……""噢。"我附和道。

待老爸老妈回来后，他们既高兴又很是气愤："胆子是大了些，可警惕性怎么就低了呢？……""哈……"三人都融入了洋溢的笑声中。

又是一年

今天是 2007 年的第一天，是新的一年了。我长大了一岁，妈妈又老了一岁，我又懂事了一些，妈妈又衰老了一些。初始的一天，我是否应该说"Happy New Year"？

或许有数不尽的人在兴奋在欢呼，问候声都在空气中穿梭，各种明信片在邮差的手中传递着，笑了邮政，乐了收件人。平日里繁华的购物商场，此时也忙碌地应酬着，车水马龙，已达到了白热化的程度。

有的人正忙着实行"筹备大计"，准备漫漫游乐，有的人也趁着这时间增长了见识，不知道你们又是怎么样过元旦呢？

也许有较多的学生不想写日记，以为写日记只是逢场作戏，假期周末便是"玩"的天地，只顾得找乐而忘记自己的学习责任。

还好，我不属于那种找乐之人。元旦那天呀，我既没有去旅行，也没有去购物，只是在家里看书，看电视，静静地看，没事偷着乐，好不轻松。

元旦这天可真火爆，连电视节目也排不下了，整一天了。似乎在解读"快乐"的真谛，什么才是快乐呢？

通宵达旦上网游？喜笑颜开去购物？平心静气看会儿书，要是我呢？

废话，有这点闲工夫不好好利用吗？

"我要我自己的快乐……"

当然是做自己会快乐的事！

月圆之夜

"人有悲欢离合，月有阴晴圆缺，此事古难全，但愿人长久，千里共婵娟。"

每逢农历八月十五，皎洁的月亮自然又明又圆，四周围阴云飘散，却挡不住那，遮不住那，清流的光芒。

泡一杯浓茶，兴致正浓，举起杯，沾一口香气回溢的茶，在口中细细地啜一会儿，细细地品尝，缓缓流过喉咙，暖到心里，齿颊留香……

那明月挂在苍穹，那圆月倒映茶水中，正是"举头望明月，低头思喜'月'"。望着那可爱的明月，晚风一拂，似乎看见了月亮中那美丽的广寒宫、桂花树……

一家人围坐在圆木桌前，围着那弧形的火锅，吃着那喷香的涮羊肉，喝着那浓浓的汤汁。他们是美满的一家，做父亲的丢下手头的工作，与家人团聚；做兄长的，长途跋涉，从遥远的地方回家团圆。

他们还记得两年前的那个中秋节，那一天，一家人也是围坐在那张圆木桌前，母亲从厨房端出一碗碗盛满汤圆的碗。那一年，他们吃得很开心，团圆如月圆……

自从他们过完一年前的中秋节，吃完最后一块豆沙双黄的月饼后，还感觉到那种甜甜沙沙的味道，可再也没有常常聚在一起了，风尘仆仆……

"人有悲欢离合，月有阴晴圆缺，此事古难全……"

最愁闲人满堂

　　扑，我轻手拍了拍身上的尘屑，像在整理自己的行装。"妈，今天到家里来的人怎么这么多呀?"我的脸上打满了无数个小问号。可妈妈头也不理，只顾着自己整妆束发，对着镜子浓妆淡抹的。春节拜年也是理所当然的呀，这也是图个热闹快活呀。妈妈停止了化妆，把我推出了门外。"快点吧，待会你的舅公和表嫂都要来。"我的房间书香气的木门大开着，妈妈瞅了几眼，"快点收拾好你的房间，我可不希望别人对你有个坏印象。"

　　"咚咚咚……"妈妈穿着那双老掉牙的拖鞋在地板上发出刺耳的声响。我捂着耳朵学着"小鸡快跑"的样子逃回了安全战壕——房间里。我就在里面安营扎寨好了，才不管外面的"人情世故"呢。我踮起脚尖，试图拿下放在书架最顶层的《哈里·波特》，可惜的是，书架太高，我的手臂太短，没够着边儿。我爬上那把我常用的书凳，很轻易拿到了书，可是又很不走运地失去了平衡，左右摇晃一下子摔倒在地，还只能捂着痛处假装无事的样子。绝不能让妈妈听见，否则又是一阵口舌，耳根又要不得清净。

　　我悄悄移动脚步，把耳朵贴在门上听楼下的动静。"喂……舅啊……"妈妈又煲起了她的电话粥。可是，隔着一道门，声音含糊不清。才过了一盏茶的时间，楼下突然人声鼎沸起来，我从门里探出脑袋来往外瞧。不知是什么时候，楼下多了几个又生又老的面孔，生的几乎未曾谋面，老的已经满头白发，看得出来经历遍了世间冷暖沧桑坎坷。妈妈常说我有一个未曾谋面的太公，因为我太小的时候就被带到了城里，之后就无缘相见。待惯城市的我已被岁月冲刷干净了在家乡生活的那段日子，很多人的容貌已然记不得了。只记得原来的老房子和后院的那口池塘，还有门前的那口水井，怕是已成了废墟了吧。"咚咚咚……"我的天啊！毫无疑问，妈妈领着那一群亲戚来串门了。此时妈妈像个导游，领着游客这儿观观，那儿赏赏。

我的心情糟透了，跑到楼上客厅瞧了瞧，满堂的宾客，抽着烟，雾一圈圈散开，剥着开心果，嚼得津津有味，或是看着电视，满地是吃剩的杂屑破壳。我不喜欢这种现象，我很是不喜欢。要知道，这是公共场所吗？这是交流聚会之地吗？我气冲冲地撞进房间，还是待在房间里吧。

夜渐渐深了，楼上男士们个个醉酒，似乎是拜年结束了。脚步声越来越近了，几个人走进了我的房间，像参观动物园的游客似的，一个人走近我的书桌，拿起我正在看的一本书翻看起来，喂喂喂你是不是专门研究动物的饲养员啊！不一会儿，我的房间被人充满了。被迫无奈，躲进了厕所间。

参观哥哥的工厂

听爸爸说由哥哥一手操办的饰品厂最近搬迁了，由于房价飞涨，利润大幅降低。经过我的苦苦央求，爸爸把我带到了厂房的车间里。

偌大的厂房里，两排车间齐齐地摆放在两边，桌上全是制品的横板器具。我环顾四周，心里说："还不错，可就是不通风，也真是的，窗户一扇也没打开。""啊！"我大喊一声，四面传来回音，真可成了三天绕梁，余音依旧。整个车间是挺宽敞的，四周都是被粉刷得雪白的墙，靠内的办公室玻璃窗蒙上了深色的帘布，几张原色的办公桌、老板椅。

我瞄准杂物间里一辆崭新小红单车，窜进去。爸爸见附近有开阔的空地，又笑了笑，便走开了。我便拎着单车半骑半走地出来了，在空荡荡的大房子里悠哉游哉，就是拐弯有点不方便，必须先停下来，再用脚撑地过去，不然车速过快，刹不住车。骑了半盏茶的工夫，在房里觉着闷得慌，便把单车放回原处，又独自在屋子里逛。

往窗外远眺去，附近还有一个工厂办得也挺红火的，是制造棉花的，机器没日没夜地运转着，路边还遗留着大量的棉花残渣，烟囱还不断排着白色的工业废气，机器轰隆作响，环境意识看来非常淡薄。

嘿，哥哥的生意真是越办越红火了，厂是越办越大了，桌上堆积的订单也一天天多了。原来，出厂的产品质量是非常高的，每一件饰品都经过行家的检验。他还不断告诫自己激励图志，"铸造辉煌，唯有品质"。墙上也贴有许多标语，提醒每一位员工，企业发展的精神动力，以及质量保证这一前提：

"优秀职员，忠于公司，忠于职业，忠于人格。"

"创一流管理

造一流产品

代一流服务

树一流形象"

读着每一句话，我理解了哥哥的一片用心，希望哥哥的企业如同自己的心愿，早日发展壮大。

我的舅舅

自从上次去舅舅家到现在，已经有个把月没见我舅舅了。在我印象中舅舅是一个善良热心的人，但是我最忘不了的是他那么认真、严谨的工作作风。

记得有一次放暑假，我去北京玩，没有看见舅舅来火车站接我，我心里便有一个大大的问号，每回都是舅舅来接我的呀？我叫了一辆出租车，便直接去了外婆家。我向外婆提起这件事，外婆说："哟，他呀，正在监督着造新房呢，天天在工地睡，也快有半个月没回家了！"我心想："怪不得舅舅都没来接我啊。"

过了几天，我才见到了我许久不见的舅舅。这是我的舅舅吗？凌乱的头发，被阳光晒得黝黑的皮肤，脸色蜡黄，瘦骨嶙峋。只听外婆说："瞧瞧！刚几天，就成了这样。"舅舅张开他那干燥的嘴唇，说："没什么，就是那张设计图上有个小毛病，我改了又改。"外婆又说："就知道房屋的设计图！设计图！"语气中又带着几分心疼："好了，回家就好。"舅舅笑了笑，摆摆手，没有说什么。

从那以后，我才真正知道了舅舅那严谨的工作作风，为了新房，可以觉不睡，饭不吃。

终于到了舅舅的生日。我们打算给他一个惊喜：外公负责去买蛋糕，外婆和舅妈则负责晚饭，而我嘛，负责做一张贺卡，送给舅舅。不到 5 点，饭菜做好了，真是诱人，好不丰盛。可到了舅舅完工时，他还不回来。时间一分一秒过去。饭菜也凉了。当时针指向"9"，舅舅才拖着疲惫不堪的身体回来了，还没等我把贺卡给他，他便伏在桌上看着新房卧室的设计图。我们便把他爱吃的菜温起来，到了 11 点左右，舅舅终于修改妥当，当他看到生日蛋糕与贺卡时才恍然大悟："原来今天是我生日。"

舅舅就是这样一如既往的认真。

ZAI MENGXIANG ZHONG CHENGZHANG

在梦想中成长

　　与义乌比邻的东阳横店影视城是全球最大的影视拍摄基地，其中的中国革命战争博览城深受学生青睐，它高度浓缩了抗日战争和解放战争的革命战争史。内有党史长廊、抗日战争、解放战争、延安古城等多个景点。游客可以亲身体验铁道游击队飞车打鬼子，以及下地道、埋地雷、捉汉奸、炸"鬼子"等活动。

第十章　快乐旅游

北京之行

（一）第一次坐飞机

这一天就是上飞机的日子了，我心中有些激动，有些憧憬，不时仰望天空，想象着北京就躲在那天际的最后一片云的下边。我又拿出机票仔仔细细地看当天日期，反反复复地对照。正是这特殊的一天，7月10日，真的是这一天吗？真的是我吗？此时的我正处在极度兴奋状态。

义乌机场是浙中小小的一个军民合用的机场，为了商人出行的方便，据说地方政府花费了大量的财力，在军用机场上硬是开辟出几条民用航线，给往来义乌的商人提供了便捷。

到了检票处，机场人员非常仔细地审查各种证件，扫描仪一丝不苟扫描着行李。有成文规定：上机不能带任何铁制物品。我透过玻璃初次看见了真正的战斗机。而我们即将搭乘的是一架"南方航空"的客机。它有白身蓝边的机身，庞大的两翼，稳固的尾翼和椭圆形的燃料桶。整架飞机体形颇大，机身上还带有小窗户，为的是让旅客能方便地从天上俯视地下的胜景。面对这个庞然大物，我心中涌起一种莫明的激动。

进入机舱内部，里面宽敞明亮，一排排座列整齐有序。座位上几乎都已满了旅客，我和爸爸手忙脚乱地拿出机票找座位。毕竟我是第一次乘坐飞机。找到座位后，我和爸爸赶忙坐了下来。随着一声提示音，窗外的景物，跑得越来越快，飞机滑行到了跑道上，渐渐飞离了地面，直冲云霄，下面的景物越来越小了，小了，最后变成了鸟瞰图上的豆粒般大小。远处的山似乎还被蒙上了一层白纱，料想那便是云，亦或是雾。此时，飞机正在急速上升，早已系着安全带的我却心悸起来，随着飞机直线冲上九霄云上，我的心似乎也被提到了嗓子眼儿上。过了一会儿，飞机飞至最高点，在天空的云层上平稳地飞行。此时的飞机，就如一只雄健的老鹰在云中穿梭飞翔，下面是一层厚厚的云层。远处的太阳光由红色变成了橙黄色，犹如一个彩色的棉球，在天空中飘浮着，盛开着。我们仿佛来到了天堂仙境。

阳光从那朵云的缝隙中射出，形成了一个光柱，射在了我的脸上，暖暖的却丝毫没有炎暑之意，原因是飞机里的冷气很足了。现在，已经将近正午了，也快到了下机的时刻。飞机缓缓下降，如一只苍鹰在滑翔，速度越来越慢。我用双手捂住耳朵，张大嘴巴，以避免被飞机释放出的强噪声损伤。下机后，北京的阳光火热地晒着整个机场，飞机整齐地排列着，煞是威武。

第一次乘坐飞机，有飞一般的感觉，飘若神仙。从飞机上鸟瞰人间，是这样的亲切与感动。抚摩机舱里的每一物件，令我感慨万千，古人奔波几个月才能到达的北京，而我居然一个多小时就已轻松到达了。

（二）看升旗

首都北京以城门多宫殿多而著称。来到北京的第一天，看见街道上人多，马路上车多，到处很宽阔，很整洁，也很雄伟。这座古老而又现代的城市，给人一种神圣、不可玷污的形象，在我心中变得十分庄严，且气势磅礴。

今天一早，我和爸爸从宾馆出来，旅行团的车子已经早早

地在门口等候着了。旅游车一直把我们送到了大巴的发车点。在大巴上等了近半个小时，车开始发动，驶向天安门广场，最后停在了旁边的街道上，等待五星红旗的升起。

早晨4点52分，仪仗队的军官们开始迈着威武的正步出来了，从天安门毛主席像下的金水桥径直走向五星红旗升旗处。导游告诉我们，每一天的升旗时间都有所不同，是将太阳从渤海平面上升起的一刻，定为升旗时间。最早的升旗时间在夏至的4点40分，最迟的升旗时间在冬至7点40分。

瞧！仪仗队耸立胸膛，挺军姿，整齐划一地排成一块流动的绿钢，每排4名，共排成9排，这一数字象征的是1949年中华人民共和国成立的时间。而且连军官们从毛主席像下面石洞到旗杆的距离为138步也是固定的。在天安门广场上的旗杆四周有56根栏杆，象征着中国这个团结和谐的大家庭由56个民族组成。升旗的军官有4名，执旗的军官前，左右都有人保护，后面的仪仗队各分左右两边走，围在了升旗台的四周。这阵势令人感到了国旗所代表的是一个国家的尊严和地位。

国旗徐徐飘扬，众人注目看国旗。车行渐止，目光都集中在鲜红的国旗上，象征着国民对祖国的希望与热爱。凝望着徐徐上升的国旗，万人静仰，只有国歌在辽阔的广场上空回荡。

升旗大约10分钟，之后军官们迈着正步威武地回到城门边，车又行驶起来。

（三）游 长 城

外国人说到中国，便会想到座落在首都北京周边的长城。这是一条中华巨龙，清晰顺畅的线条雄伟威严的轮廓，构成一种犷野的景色。

据说长城最早是战国时代的赵国为抵御外敌进入而修筑的城墙，其余各诸侯国都跟着效仿，而后，秦始皇统一六国，把各国散碎的城墙连接起来，成了举世闻名的万里长城。这是中国历史上最伟大的建筑工程、军事工程。紧紧地伏在北京八达岭上的这段长城并非秦代的长城，而是明代时修建的。

我扶着栏杆，一步一个台阶地往上爬长城。长城之上，人多，阶梯多，栏杆多，人头攒动，接踵摩肩，一个个都猫着腰，扶着栏杆，支撑着一步一步往上爬。从下往上望向长城，一阵头晕目眩的感觉。遥望长城的最高点，威严地静静伫立在山峰之上。爬上了无数级台阶，终于来到了八达岭长城的最高区域"好汉坡"。这儿矗立着一块毛泽东当年题写的好汉碑——"不到长城非好汉"。

我张开双臂眺望这古代的奇迹。只见雄峰壮岭，峻险粗犷，朵朵白云镶嵌于满天湛蓝之中。在这一览无余的景致之中，我想象着我是一只雄健的苍鹰，翱翔在广阔无垠的天空中……

站在最高的烽火台上，"会当凌绝顶，一览众山小"的感觉油然而生。我静静地伏在烽火台上，望着这历经风霜的城砖，嗅着古时的烽火，似乎真的看见了熊熊火焰在燃烧，仿佛真的置身于古代的战场。抚摩着长城上的平整的方砖，我的脑海里又想起了古代一个个凄楚的故事。孟姜女思夫哭倒了长城，寓含了多少人间的悲欢离合啊。长城上的每一块砖都有名字，他们就是构建历史遗迹的匠人，他们是悲哀还是伟大呢？

下山的路程是最惊心动魄的了，真是武松打虎——上山容易，下山难。向下望着陡峭的高度，更是触目惊心。最后，还是老爸给我支了一招，扶着栏杆一步步往下走，就不会感到害怕了。事实证明这个方法是奏效的。

从长城的顶端往下走的那一刻，我对自己说：从现在开始，我已经是家里的第三条好汉了。

（四）清　华　园

多少莘莘学子的梦想，多少知识分子的殿堂，清华永远都是那些有抱负和远大理想的人心中不落的恒星。因为它是中国最高的学府。

今天是我和爸爸来到北京的第三天了，我们多番打听后才知道北大和清华是邻居，就差着一条马路。早晨 6 点 30 分，我们和在旅行团认识的一对母子在人民纪念碑前早早就汇合了。我们在广场的前门坐上了直到清华的公交车，这辆公交车似乎花费了我们很多时间，从前门到达清华北大校园竟要坐上 20 多站，整整坐了一个多小时，才到达清华校园。

我们到了清华大学的南门入口，顺着目光看去，目之所及，尽是紫荆花树，枝繁叶茂，覆盖了校园的通道。看到日思夜想梦寐以求的大学，心中难免会引起一阵激动，迫不及待地让爸爸为自己拍下珍贵的第一张"清华园照"。照片上的我，张着嘴，充满着惊叹的神色，对身后的这座大学无限渴望。

走进清华大学的校门，立即感受到幽深和谐的感觉。在校园街道的右侧是一块坚固的大石碑，上面刻着清华大学那纵横四周的校园示意图。继续往深处走，清华园也一层一层拨开它的庐山真面目。我抵制着从内心深处爆发出的兴奋心情，不由得加快了脚步。周围落下的紫藤萝花瓣犹如空气般弥漫在我身前身后，犹如进入了桃源般的童话仙境。花瓣落在头上肩上，我随即捡起一片，随风吹去，载着我的志气，我的梦想……

　　走过被一片绿荫笼罩着的园区，来到了许多游客驻足的地方——"二校门"，也正是清华大学的主校门。有多少清华大学的学生从这里走出来，在这儿合影留念，一起欢呼着把毕业时的博士帽高高地抛起……

　　穿过雄伟的二校门，正对着我的，是清华大学的教学楼，4根粗大的玉石柱，3扇黑漆花雕的大门，颇有中西合璧的寓意。我站在离教学楼两米远的日晷上，这古代最早的计时器，那上面已经锈迹斑斑，一定载着许多历史，是人不能知晓的。日晷的背面为"行胜於言"四个大字，是教育了几代人的醒世恒言，警醒了那些爱做梦、说空话的人，召唤人们脚踏实地去行动。教学楼旁边，一块脱了草皮的地上，一块庞大的巨石上清晰可见地题着这样八个大字"自强不息，厚德载物"。这传承了我们中国几千年来的美德：勤学，刚强，道德。

　　清华大学就是大，从没有见过这么大的校园，绕来绕去，来到一座雕像前。塑像一副旧时长袍打扮，他的身后有一串字拓在黑石砖上："诗人主要的天赋是爱，爱他的祖国，爱他的人民！——闻一多"。闻一多？他就是闻一多教授？他为了祖国的命运献出了自己的生命，是我所敬仰的人。

　　走在通往后面的一条台阶路上，抬头便能看见一口大钟，与少林寺内小和尚敲的钟雷同。我用双手使它振动，响亮的钟声在我耳边回荡，余音不散。在钟的后面，有题金字的匾额——"闻亭"。闻，即是听，就是听这响亮的钟声。这钟声是振聋发聩的警世之音，还是自强不息的呐喊之音？

　　我的清华大学之旅也以此为终点圆满结束了。相信几年后我也一定会成为这里的一名学子。

（五）走进北大

北大和清华是中国最具声望的两座高等学府。它们为中国高等教育的发展，人才的培养，中国的现代化做出了不可磨灭的历史功绩。因此成为多少中外学子、有志青年的圣地。

记得去北大的那一天正好是个阴天，非常舒服。在北大，最负盛名的就是它的图书馆。它是一座规模宏大的建筑，占地面积有一个体育场那么大。它里面的藏书也极其丰富，真可谓是汗牛充栋，林立的书架上排满了各样书籍，应有尽有，让人目不暇接。我不禁羡慕起在这儿读书的人了，怪不得他们拥有那么渊博的知识，给人一种高深的感觉。

在参观图书馆时，一位自称是北大光华管理学院的学生愿意为我们做导游，陪伴我们参观讲解。他说，报酬随便给一些便是了。我们有些惊讶，但一下便想到了勤工俭学的学生在暑假打工挣钱，心中升起一种尊敬。我们便欣然接受了这位学生导游。这位北大学生推着一辆黯淡无光的旧自行车，一边走一边为我们讲解北大校园各处的景点以及北大的历史故事。看着他能够在这美丽且充满内涵的校园之中享受学习生活，体验书籍的快乐，夸夸其谈，我不由得羡慕起他来。

顺着大路走去，便可以看见一座百周年纪念讲堂。听这位北大学生说，去年"超级女声"也来过这儿演出呢。隔着大门，我似乎看见了许多人正在庄重地举行一个什么仪式典礼。或许这就相当于北大学生的报告厅吧，平时在这里举行开学毕业典礼或文艺汇演什么的。好羡慕啊。

告别了纪念讲堂，就走到了一条卖小玩意儿或杂物什么的地摊路。正听着那位年轻的北大学生导游兴高采烈地说起北京

大学的典故，爸爸却失踪了，原来他正在为我买一件北大的纪念衫。穿着北大的纪念衫，我想爸爸一定也希望我将来能穿上北大的校服。

经过了落满一地的紫荆花树，终于曲里拐弯儿地来到这位学生导游口中所述的"猫园"。"猫园里有数不胜数的流浪猫，它们来自各异的地方，就像我们这些学生一样。"正说着，道路远处树丛中蹿出一只白爪子的黑猫，"喵"了一声，又蹿进草丛中去了。

不远处是大学生们的运动场所。左侧是宽阔的网球场，右侧呢，是专门为在校学生建设的击剑室。这些，可都是中学里所没有的。接着，绕进了一片大草坪里。草坪的正中央，矗立着一块多边形的纪念碑，只见上面镶刻着：北京大学革命烈士纪念碑。在草坪旁边偌大的绿荫处，尽是解放前期所有的普通民居，显得古色古香。可就是这一间间的"人"字顶四合院，走出了多少学术大家和爱国者啊。

导游将车一转，停在了几间四合院外头的过道里，并一面说，让你见识见识冰心的故居。随着他走进一片竹林，而竹林的尽头真是冰心的故居。门锁着，我们只好远远地看着，在门口留影。

导游又将我们引向另一条路，原来这里便是那乾隆皇帝赐给和珅的一座府邸，并有一个湖。据说当时皇帝令文武百官给起名字，众人沉吟良久不得，而和珅大笔一挥，只留下了三个大字——"未名湖"。如今湖边的石碑上还残留着这三个大字的印迹。至今还是北京大学内最重要的景点之一。

告别了绿荫、碧树、鲜花，我踏上了最后的状元桥，我希望我能圆最后的状元之梦。

水帘洞天

导游一直在讲解着贵州省的各地风情，什么中国有一个大宝贝——贵州黄果树瀑布等等。车厢动荡，却摇不散我们兴奋的心情。

开了一段崎岖的山路，大约行了两三小时吧，就到达目的地了。脚刚落地，天不作美，下起了濛濛细雨。我们换上了雨衣，便整装而发了。有几个营员早已迫不及待，已经跑进景区了。

天还淅淅沥沥地下着小雨。绕过曲折的小路，一股雾气迎风扑在脸上，不觉疼痛，但觉清爽。走在路上，若置身于传说的童话仙境之中，依山傍水，依着翠色欲滴的黄果树山，傍着白珠四溅的黄果树瀑布。

雄壮的瀑布，如万马奔腾，一跃而下，细珠遍洒，响声惊天动地，震耳欲聋。一条乳白色的飘带，从顶至底，倒挂下来，汇入潺潺河流之中。放眼望去，那高度足有70多米高。真可谓：捣珠崩玉，飞沫反涌，珠帘钩不卷，匹练挂遥峰！如此险峭的瀑布，走在桥边，心悬胆颤，却兴奋难抑。

真是奇妙的瀑布！高山峭峰，碎石缝隙，竟能涌出一股又一股的水泉，合成如此优美仙境般的画面。真是秀丽的瀑布！依着青翠的屏障，倒映着棕色的沙石，纯净的蓝天。水气带来新鲜空气，给人以极美的体验。身临其境，令人不禁惊叹大自然的鬼斧神工。

进入了瀑布背后的水帘洞，鞋底上已经粘满了潮湿的棕色叶子、散碎沙石。洞内更加潮湿，只有一丝光亮，只得慢步行走。洞壁、洞顶上有壮观的钟乳石，光滑透明，宛如《西游记》中的花果山水帘洞，孙悟空栖身之处。

终于走出了洞口，原路返回，又遇见树林，只觉这儿的叶子更加绿更加无瑕，那是因为没有一点纤尘吸附在叶背上。

游双龙洞

我清楚地记得那一天，因为那一天是我的生日。这一年暑假的阳历 8 月 1 日，是那么酷热难耐，是那么骄阳似火……

整个上午我都在老师家补课，因为知道下午有人要为我庆祝生日，心中按捺不住的兴奋在课堂中时不时地表现出来。刚过中午，我们便聚在一起，最后拍案决定：去双龙洞为我过生日。我没有任何疑虑，只是劳烦舅舅开车了。

门前的樱花树下有一辆车，这车是未来舅妈的。舅舅开车载着哥哥、嫂子、我和未来的舅妈就上了通往金华的路。可没开多久，车竟在一家超市前停了下来。舅舅说了，这出游最消耗体力了，得买瓶水解渴呀。我心想，舅舅可真周到细心呢。舅妈却在一旁偷笑。汽车重新启动后，又行了 10 多分钟，哥哥便开始晕车了，但这却是和老爸雷同的晕车病——只在坐车时晕车，决不在开车时晕车。没办法啦，舅舅只好把车开到马路边了，然后两个人换位置，让哥哥来开车。哥哥的车技的确很棒。我，躺在车座上非常舒服，不一会儿就在车座上安静地睡着了。可能是因为前夜兴奋过度了吧，一直睡，一直睡，迷迷糊糊似乎被讨价还价的声音吵醒了，原来是买青葡萄啊，唉，两眼一闭，又睡过去了。

车一直在走，我醒来时，已经行在一座山的弯路上。看了

看表，3点多了哎，我记得出发时间是1点多，难道已经开了两个小时了？这座山的弯路很多，并且又窄又陡，两辆车并肩行驶时，速度稍快些，就会引发交通事故了。车一下子开上了一个斜坡，便见周围都停满了车，原来我们已经到达目的地了。双龙洞景点的大门口清晰地呈现在眼前。

在书本中，我从小就读过大文学家叶圣陶写的双龙洞游记，心里充满了神秘感，被它引人入胜的美景所陶醉。今天我这"小作家"便也要好好欣赏一番。

我拉着哥哥说，快点啦，你走得最慢了。哥哥便一个前步冲到了第一个。交完钱后，我们顺着一条在石头缝中长出许多茂盛的杂草的石阶往上走。石阶路非常难走，导游说要走二三里路才能到朝真洞。朝真洞是双龙洞最高的一个洞，高高在上哦，传说有一位朝真道人，在那里闭门修炼长生不老之术。

在路上，我们碰到了一位小巴司机，纷纷上车，一路上山的路极弯极陡极险，幸好没有一步一步地走耶，要不然不知道要走多少时间。车并没有直接到最高的朝真洞，最后的一段路程还是要一步一步地走上去。经过了汗水的浸泡，终于来到了朝真洞。这里人烟稀少，黑咕隆咚的没有一丝生气。我们顺着洞直通的一条小路，却走进了一个死胡同，只好依藤摸瓜，又从洞里走出来，可是楼梯非常湿滑，害得哥哥摔得不轻呢。舅舅和舅妈相互搀扶着，一步一步艰难地从洞里走了出来，就像老公公的步履蹒跚。走出来后才发现高30多米的天然洞穴里竟然有一束光从另一个更小的洞里射出来，小洞的上面有两个字依稀被人刻意勾勒出来——"主洞"。

望着那放出莫名的光线的小洞，我的心情莫可名状。因为哥哥不小心摔坏了脚，嫂子留下陪着。走进那个洞的时候，我回头望了望哥哥，哥哥还是那一副苦瓜脸，看来那一跤着实摔得不轻。跑进那个主洞，舅舅和未来的舅妈跟了进来，斑驳陆离的光线照在了我的脸上，我的心似乎已被色彩所包围，所占据⋯⋯

愈往里走，似乎洞愈大，愈深不可测。洞壁是形态各异的怪石，凹凸不平。沿着石头阶梯，绕过磕磕碰碰的绊脚石，终于来到了一座桥上，那座桥叫做一线桥，而那桥下的水便叫做一线湖。站在一线桥上向上望去，就是朝真洞最奇特的景象——"一线天"。据说那最高的崖沿上的石头存着那么一股光，人们都称它为天外之光，也称洞穴之光，只要站在一线桥上默默地，聚精会神地看，便能看到这灵感之光，而这，便能带给人幸运和福气。最后，我在偌大的三十六洞天处留下了值得记忆美好的一瞬。

按原路返回时，又觉道路陌生，富蕴了这洞内独有的神秘感和新鲜感。出了洞后又走回刚才所说的那段山路，道路崎岖不平，树林郁郁葱葱，深涧里，水流蜿蜒。乘车又在弯曲的山路上颠簸起来，却比来的时候颠得要厉害，车身跟跟跄跄的，只有身后留下行行粗大的人道树⋯⋯

路过一条阴凉的道路，便是桃源洞了。车一转，便进了一片梧桐林，梧桐叶落满了一地。车终于停了，停在了一处人头攒动的地方，司机告诉我们这里就是双龙洞最大的洞了。刚走不远，就看见有一块形似石碑的大石头上刻着字——"双龙秀景"。在石头的细微夹缝中一股又一股的清澈冰凉的泉水从里面不断涌出来，聚积成了一个小小的池子，许多小鱼儿无拘无束地在池水里游动着。在不远的地方，有一处古屋，远远一看，似乎挂在墙壁上的画有些像毛泽东主席。凑近一看，原来这就是毛主席观察金华双龙洞电站的纪念馆。我兴奋地靠在桥墩上照下一张。

靠近双龙洞，周围的空气也骤然凉了许多。我想一定是因为这里的水。在洞外的一座古桥下，有一条溪，溪里的水是从洞里流出来的，用手一触，打了一个激，是那么的冰清，暑意尽消，困倦尽失。竟和小孩子一般打起了水仗。闪光灯亮过，我、哥哥和嫂子在桥上留下快乐的一瞬。

走进那高有"三十元洞天"之称的双龙洞，就如走进了一个冰凉世界，全身的每一处关节似乎都被这漫天弥漫的水气浸泡着，惬意极了。很明显，这里着实比那朝真洞大得多了。在双龙洞碑的旁边，水不断地从大的岩壁上流下来，一直流到下面的石头，直到在石头上"烙"上一条刻痕。流水侵蚀了那些粗糙不平的石头，使其变得平滑湿润，没有一点儿棱角。上面的钟乳石早已显现出来，很壮观的景象。哇！水的力量真大呀！

越往里走，就越觉得冰冷。走到一个池水旁，只见四个人在船上排为两个人两个人的，平躺在船上，一会儿，便由那低矮的崖岩后面的人把绳索拉过去。若弓起膝盖，一定会被撞得膝破血流。哦，终于该轮到我们上船了，可是一条小船只能容得下 4 个人的座位，可是我们却有 5 个人，只好分两批走了。我跟着舅舅和未来舅妈先过去了，当快接近那低矮的崖岩，我的身体颤栗了，一动也不敢动，就怕崖岩会撞破我凸起的额角。可是，当我们通过时，我却敢用手去触摸她那冰凉平滑的脸庞。过后我才发现原来根本就没有人拉动绳索，却是由电动控制的。

跟着人群走，我一路扶摸岩壁，一面听导游介绍。正说着什么蛇龟大战呢，其实呢只是被水侵蚀后形成的形象而已，但我觉得水温低也是一个重要因素。不一会儿，导游又指着一些石头说，这就是西游记中出现的通天河之中的老龟求唐僧向佛祖问寿的典故，最后成为此——老龟问寿，它的眼睛还死死地望着西方唐僧师徒取经回来。当临走时，我还不忘扔下一句："这老龟真像！"

突然转角辗转上了楼梯，听见一声洪泻，只见一条白布从最高处坠下来，一颗颗珍珠像脱了线似的，落在岩石上，飞溅起来。耳边水声轰鸣，有如百十匹骏马在举足长喑。眼前，已经是一片白色，水溅到身上。拍照留影的人络绎不绝。那瀑布的水奔腾而来，周围的石头有如梯田般，逐级变低，变矮。而在最高处的一块上清晰地写着"冰壶洞"三个大字。

顺着阶梯往上爬，却有如天阶一般，终于在最高峰处我们见到了更大的瀑布，从泉眼处一直往下涌，似乎都是从一个形似水壶的东西中涌出来的。而流出来的水又是那么的清澈冰凉，这时我知道了这冰壶洞的含义。

告别了这倾泻如盆的瀑布，已是最后一站。在这双龙森林之中，都是各式的粗大的古树，而在那儿，围满荆棘的双龙洞正破茧而出……

冰雕艺术

北方的天气真是寒冷，在我国的哈尔滨就有长年的寒冰积聚，当地人民便因势利导用他们的双手筑成一座座精美的冰雕，让游客不畏严寒，络绎不绝地前往观赏。

哈尔滨国际冰雪节是世界四大冰雪节之一，由冰雪艺术、

冰雪旅游、冰雪文化、冰雪经贸、冰雪体育五大板块组成，是全球规模最大、影响范围最广的冰雪盛会。

如今，我市的儿童乐园效仿其名，也在夏季搞起了冰雕艺术展。走进儿童乐园的冰雕馆，只觉凉气逼人，仿佛进了东北的冰天雪地。6月天看到屋穹上飘下朵朵雪花，神奇而令人充满漫想。地面上有一个篮球场般大的滑冰场，人们正自由地在"飞翔"。这真是个晶莹剔透、色彩斑斓的冰雪欢乐世界。

只见形态各异的一座座冰雕通体透明，很多都是动物的形象，在灯光的辉映下憨态可掬，十分逼真！还有一座高大的纪念碑冰雕在强光下像剑一样刺向天空。一块块普通的冰在能工巧匠的精心雕琢之下，化身为一件件韵味十足的艺术品，展观在人们的眼前。你不得不佩服自然的神奇，人工的伟大。

在夏季搞冰雕艺术展，不仅给身体清凉的享受，更是给人们以艺术美的享受！

记住这一天

那一次，是我的生日，哥哥和嫂子为了让我过个好生日，特地选择去森林公园野炊。

我们乘着车，沿着弯曲狭隘的山路前进。天气晴朗，纯净得发蓝的天空把一缕缕的白云映衬地分外显明。把头探出窗外：啊！多么美的山中之景啊，满山的树木，青翠茂盛，染绿了一江春水。烟雾从一片森林里直往上冒，最终化作了那再平常不过的云。

脚终于踏在了目的地的土地上。我们各自忙活，日近中午时分准备出了一餐丰盛的午餐。我从盘子里想拿出一块刚烤好

的鸡排来吃，没想到一拿起就"啊"地一声，顺声鸡排便掉回盘里，手指上烙上了一层火红的斑块。

因为野炊地点靠近水的外滩，可以看到大量的鱼虾活泼地在水中嬉闹着，似乎因为我们这些新来的访客而做着它们独特的迎宾式。此外还有清澈的泉石，还有动听的大自然之音在耳旁缭绕，心情高兴到了极点。

突然，风云变色，天空中似乎被蒙上一层灰布，眼看就要下雨了。我们赶紧收拾好行装，准备撤退。惶急中，左手右手一点儿都不空闲，一股脑全塞入了车的后备箱内。大滴的雨珠从天上降落下来，速度越来越快，我们赶紧钻进车的内厢里。望着窗外淋漓的雨水，惊呆了，这是老天的玩笑吗？

车子往回行驶到半路，从远处朦胧的水色中我们依稀看见从路旁森林里蹿出3个黑影。条件反射下我的身体不停打颤。"不会是野猪吧？""可能是吧。"哥哥貌似镇定地停下车，目光锁定在这3个黑影之上。……这样的气氛僵持了好一会儿，终于黑影消失了，我们急忙行驶出了这一地段。"那到底是什么啊，吓死我了。"我向后望了一下，远离了那个动物园般的公园。

这一天，真的是极尽喜之巅、惊之极、恐之最。你说呢？我是不是该记住它。

　　我比较注重全面发展，培养广泛的兴趣与爱好。2008年暑假，我参加了一个电脑培训班，基本学会了电脑绘画和网页制作。照片左起：华江波、徐玉姗、我。华江波是我的同班同学，徐玉姗是我在辅导班认识的同学。

第十一章　我的兴趣与爱好

写作真让我着迷

　　我小的时候可不像现在，如此这般沉溺于"写稿"之中。要说我怎样会爱上写稿的？哈，那就听我细细道来吧……

　　要翻我的童年画册，我可是一个"疯孩子"呀！踢球？画画儿？手工制作？集邮？种花？养兔？……我无一不着迷呀！读书却"三日一沾边，五天阅一页"。爸爸妈妈看我"游乐"为生，立刻把我送到老师家。还是一个语文老师！爸爸也暗地里和老师私通好了。自那以后，我与那些所谓的五彩缤纷的世界隔开了。

　　也真怪，来到老师家后，我的确学乖了，对老师说的话也言听计从。自从来到余老师家，我就对余老师放在书桌抽屉里的一沓厚厚的稿子产生了浓厚的兴趣。有一次，余老师要去开会，中午跨过门槛时，说了声，下午回来听写词语！我坐到老师写稿时坐的那把交椅上，故作姿态。往门边瞅了瞅，空无一人。便想从抽屉里拿出文稿，抽屉里竟然不见了那厚厚的一沓纸，原来，它就摆在桌上，就这样安祥地躺着，似乎等着我去翻看。

　　我翻开了第一页，仔细地看着每一个字，稿纸上妙语连珠的字行，如一道清泉淌过心间。一霎间，我觉得记性出奇的好，每一个字都深刻在我的脑海里。到了午后，余老师依然没有回来。霎那间，我想起了爸爸对我的期望和送我来那天的交谈。当我翻到最后一页时，一张纸条上清晰地写着：赠与这本书心意相通的人。

　　后来，我参加了全国的小学生作文大赛，获得了全国二等奖，也就是从那次起，我就对写作着迷了……

牛刀小试

我并不是一个五大三粗的孩子，相反，我的性格内敛、低调。我可以说是张飞穿针——粗中有细。

这不，学校里召开书画比赛，本着一种"重在参与"的态度，抱着一种"试试看"的心理，我报了名。

比赛时间安排在第二节课下课时间至放学时间，比赛的地点在餐厅一楼。

看到桌上的书法内容，我的心里发毛了，原本字就不大好看的我见到这些"小虫符号"，便心烦意乱。开始临摹写字了。

我仔仔细细认认真真地一笔一划，老师在我的身边走来走去。我觉得他们是在看着我写似的。我悻悻地捏紧了笔。笔和手接触的地方黏糊糊的，是什么水渗出来了？我看到老师在我的身后看呢，不由得一阵汗颜。我吃力地写着一笔一划，终于完成了最后一个弧线。我转头看了看别的同学，"啧、啧、啧……"

我不敢说自己的字有多好，只是字里行间透出一点细心。我想，这也是我努力得到的。

我写完了。写完了一张"细心"，一张"认真"。一笔中透着干劲，一划中透着精神。

我郑重地把姓名落款写上……

小溪成大海

小学时代的我，曾经因为日记写得"摸不着头脑"而被自己最喜欢、最崇敬的老师在课堂上赤裸裸地批评。

那时我只管自己低着头，涨红的脸上嘴唇紧抿着，不易察觉地用手指尖触碰着课桌，想象着老师是个大恶魔，头上长着两个犄角，跳动的嘴唇就是恶魔施法诅咒，想着有多么不堪，就有多么不堪。……

是上五年级的时候吧，新调来了一位语文老师，在他的鼓励帮助下，我逐步领会到了怎样记日记。刚开始学习记日记时，逢到动笔，总是觉得要写一篇曲折的日记，绝非易事，因此，总是在一开始就灰心丧气。后来我才明白，抱着这样一种心理，是写不出文章的。我逐渐明白，只要用心写满一页纸，记满了这一页，再记一页，如此日久天长，定会熟能生巧，不怕作文。

这一夜，我伏在台灯下，继续记我的日记。其实不要老想着自己是在"作文"，只要充分流露出自己的真实情感，自自然然地写来，一篇洋洋洒洒的好文章就有可能会在笔下诞生。

记一页，再记一页；写一篇，再来一篇。

做过以后，往往会发觉作文并不那么难。

做　版　画

哈！今天终于要去劳技中心，一猜到我们将要做水火箭了，我异常兴奋。

早读课结束，同学们就都开始收拾自己的书包，准备到操场上集合了。没想黄老师来说谁第一个到操场上集合就先出发，这可把整个班都急坏了，争着当这个"第一"。

更没想到的是我因为要画学校里组织的版画而留下来了，便与劳技中心无缘会面了。接着，我们6个画画的人到报告厅开会。说是开会，也就是听如何画版画和画版画的目的讲座。报告厅乱哄哄的，等老师来了才安静下来。因为这次我们画出来的画是要代表绣湖中学拿到市民广场展出的，我便听得格外认真。

可是，连模画到很迟才拿到手，而且老师挑的这张图不太好，让我大伤脑筋。也许这就是艺术，常常会使人无法理解吧。到了中午，我们几个人在一个餐桌上吃饭，午饭开始！谁最后谁擦桌子！我们赶紧吃！吃不完就倒！幸好不是我最后！

下午，我们到艺术楼配色贴画。也难怪，第一次制作版画，始终是不够好，手一直在不停地抖，生怕把颜料滴到外面，唉呀！一不小心就滴到了裤子上，就更别说是手了。直到现在，裤子也是紫一块、蓝一块的。制版画是一个细活，很多细小的步骤都需耐心去完成，并且版画也是一个具有思想性的兴趣活动，需要边画边想，边想边画，这样，才能将版画制作成功。

最后，我的涂鸦之作并没有得老师较高的认可，但我相信下一次一定会更好！

我的"自助餐"

进入初中后，书成了我最爱的食物，让我每时每刻都想

"啃"它。不过，这"啃"归"啃"，也得讲究一下口味！除了学校"一日三餐"，在家里我还准备有"自助餐"呢！

"自助餐"的味道可不一般，它是无上的美味佳肴。书房是"餐厅"，书架是"厨柜"，里面摆放的却是各种精美的"食物"。每天休息的时候，我总会来到这自设的餐厅里，精挑细选，精心品尝。那是一种享受。

这里的食物品种可真多呀！最吸引人的品种是"麦当劳式大餐"。它风味独特，颇合我的口味。《格林童话》、《安徒生童话》等都在其列。书中美丽的画面总能让我浮想联翩，书中动人的故事常令我感动不已，书中的人物更是让我无法忘怀。学习之后，来品尝一下"麦当劳式大餐"，特别惬意、满足。

第二种是"古典大餐"，这里品种最丰富，《水浒传》、《红楼梦》、《儒林外史》、《三国演义》等常常成了我的"盘"中之物。

第三种是"中式现代大餐"，这盘大餐可真让我过足了吃瘾，正因为有《朝花夕拾》、《繁星》、《呐喊》等作品加盟，好几次我差点被它们撑得说不出话来。

接下来是"西洋大餐"，顾名思义，这个品种里全是一些外国作品，《威尼斯商人》、《羊脂球》、《唐吉诃德》等都是一些来自异域的风味独特的菜肴。

除此之外，我的"自助餐"里还有饮料"威士忌"《世界军事基地》、"健力宝"《体育世界》、"香槟"《月球上的奥秘》等应有尽有。

告诉你，这些食物不仅会让你变得聪明，还有减肥美形之奇效。

ZAI MENGXIANG ZHONG CHENGZHANG
在梦想中成长

  我于1994年8月1日出生于义乌。转眼之间，我已经长成一个14岁的少年了。2008年9月我就是初三毕业班的学生了。我一定要努力学习，给我爸爸争光，也为自己留下美好的回忆！

第十二章   成长的思考

说说我自己

"我"是一个平凡的"我"。倾向文学的一横，喜形于随意创作的两点，内向的两撇，脾气偶尔有些冲的一提，还有一颗进取上进心的竖钩，娇揉成团，成为一个新的我。

我的确有倾向文学的一面，喜爱在自己的一片蓝天中找到属于自己的追求目标，在茫茫书海中汲取自己需要的文学知识，享受与难受只在一念之间。我的储藏室里堆积满了像小山一样多的覆着灰尘的书，轻轻弹指，满嘴呛嚏，寻求知识的金钥匙，能拨开任何人蒙尘的心啊。

我毫不掩饰，我确是有些内向，不善言语，不愿意主动和周围的人交流，也不会和任何生人交流。只不过有些人会与我搭讪，我也只问声应声，嗯啊不清。熟悉之后，渐渐互相交流。虽然我不太爱说话，但是我更愿意用这神来之笔来写出我的心灵之声。

我爱随意创作，由心境而生。闲来无事，添上几笔，随着内心的潮起潮落，手未到心已先……

我虽然内向，但是也有性情张扬的时候，也许是"初生牛犊不怕虎"的缘故吧，温和的羔羊脾气里也有老狼暴躁血性，取得点好成绩就"天下第一"了，老用冷眼光看别人。我想，这发脾气动肝火虽不是什么好事，偶尔摆摆小牛威也是个性嘛！要不别人都以为你多么懦弱呢？

关键所在就是这是一颗什么样的心啦！是私心、虚荣心、报复心、懒懦心、气馁心，还是团结心、谦虚心、尊敬心、互助心，还是上进心，学习要用勤奋心，读书要用努力心，考试

DI SHI ER ZHANG CHENGZHANG DE SIKAO

要用仔细心，总而言之，要用心。我自己也得下苦心。

"我"，就是这样的一个"我"。

我好想有自己的小天地

我是个性格内向、孤僻的孩子，感受了妈妈爸爸太多的好、太多的爱，把我娇养成一个女孩样的男孩子。

我的童年从小就被呵护，似一颗水晶球牢牢地被捧在父母的掌心中。可是，没有朋友，孤独的我，就像被一根根钢筋粗的栏杆封锁住我的内心。

记得童稚时，我还难用两腿支撑，无法用流利的、清楚的语言喊"妈妈"、"爸爸"，只能用自己的那软弱的双膝和脆弱的手掌在柔软的床上爬，在软得可以嵌出手印来的橡胶铺拼成的地板上翻，在细软的沙地滚。可是我的这些范围却是很小的，有尘状物体的地方是不会放我轻易过去，那里有一张禁止通行证；有人群来往的地方更不会让我嬉戏，那里又有一张"禁止通行证"；在太高的天台和阳台，妈妈更是放不下我那弱小的身体，那里放着一盏"警示的红灯"；如果有陌生人的逗嬉，妈妈会把我毫不留情地抱走，哪怕那是我最能相处的宝贝——"棒棒糖"，她也会随手丢弃。那时我觉得妈妈是一种残暴的"野兽"，把我锁在牢笼。唯一闪烁绿灯的就是冰冷的摇篮……

我在哭喊。我长大了。可以做力所能及的事了，原本的红灯闪烁地方已转为黄灯。此时我已小学毕业。13岁了！可是，我忧愁的却是我的睡床由摇篮移到了爸爸妈妈的床上，我懊恼。

我一直想做一个男子汉，顶天立地，可是我却断不了这束缚。某一天，我知道我将有自己的房间，能自己生活的时候，我会开心得忘记了自己是谁。

我盼望拥有自己的一方小天地，做一个堂堂正正的男子汉！

不善动口的我

我，是一个胆小的"男子汉"，平日里，别看我什么事情都敢去尝试，其实我爱哭、爱闹，还不如女生呢！因此，我的上课发言能力与说话能力及不上别的同学。我十分难过，便下决心做一个有胆量的"男子汉"。

一次课堂中，又一次大大地刺激了我的决心。那是一堂语文课，老师正津津有味地讲着课，我们聚精会神地听讲。突然，老师突如其来地问了一个问题，我不知所措。我望了望四周，旁边已有几只小手高高地举了起来。我开始焦急起来，那只手像灌似地抬不起来，老师注意到了我，偏偏叫我站起来回答问题。周围顿时安静下来，似乎所有的目光都投向我。我像个小姑娘，羞答答地站起来，憋得脸蛋像一个成熟的苹果，半天说不出一个字来，心中那个着急呀，我怎么这么胆小，连回答问题都……我心里不停地责怪起老师，我没举手为什么叫我回答，又不停地埋怨起自己这张笨嘴。

还有一次，老师说要进行说话能力训练，用口头表达出亲身经历过的一件事。看着一个个同学上台，一个个又下台，我就像热锅上的蚂蚁——干着急："快下课吧，快下课吧。""虞晓波，到你了。"老师严肃地报着名字。"啊……"我慢慢站起来，向前挪动身子。我站在老师面前，老师说："没关系的，放轻松。"我刚开始很顺利，可刚开了个头，就没办法再说下去了。脸涨得像猴屁股似的。老师只好先让我回座位，让下一位同学说。

唉，这就是胆小的我！

心的战斗

一晃眼，漫长的暑假已经过去了一半多，无拘无束的日子着实过了不少。暂时没有了以往繁琐沉重的学业任务，随之而来相继增多的却是过多的放纵与松弛了。只觉得心里空荡荡的，莫名的孤独感涌上心间，倒不如以前学习的紧绷感来得愉悦，每一刻都那么充实。可是，时间不会在远方终止，亦不会在此刻重来。

在过去的这一个多月里，开心的开心了，快乐的快乐了，可我觉得最近这几日真是度日如度年，一个人闷在家里，没有了目标，也不知干些什么，顿时觉得这种享受也是一种遭罪。

前几日，我正半坐半躺地看着电视，就来了电话。我接了，是父亲的，他咕曨了几句，我心里头却有些冲动，有些不耐烦，就想挂了电话。我半躲半听了几句，盲听瞎凑地才听出了个什么话意。原来是父亲看我整天嬉戏玩乐，漫无目的，说这样可不行呀，得写写文章，画画素描，这些个日子对我过于放松了。"你自己努力吧！嘟嘟嘟……"电话挂了。一种奇怪而熟悉的感觉回响在脑中，"嗡嗡"地作响。平时，就是父亲母亲不苦口婆心地催促规劝，我也会自觉地看书，自由地在自己的想象空间里编写小说，独自在自己的绘画长廊里涂涂抹

抹。

可此时，我只觉得整个脑袋在发胀发烫，连我自己也无法控制，只觉得我一想到看书写作绘画这些事，我就会异常浮躁。然而，这些事曾经都是我所衷爱的啊！曾经把他们当做我课余生活的第一快乐方式，曾经把他们当作是调节疲劳的得当方法，曾经把他们当做我最优秀的彼此沟通的好伙伴。

我站起身来，捂着额头跟跟跄跄地朝厕所走去。我拧开水闸，水"哗哗"冲下，我伸双手接了一把，重重地抹在脸上。我看着镜里的我，神情呆滞，真是好笑。总算凉节下来少许，甩干了手上的水珠，擦干了脸上的水珠，我把自己重重地摔在硬草席的床上。5 分钟，沉默的 5 分钟，就这样呆呆地望着天花板。

我开始动笔了，我的心逐渐平静下来。我的心变得充实了……

我不需要这样的爱

我出生在一个温暖和谐的家庭，家里的经济条件说不上很富裕，但也还过得去。妈妈生我那年，正赶上计划生育的风头上，我是第二胎，免不了被罚没一笔不小的数目。

在那之后，爸爸就对我特别地重视，像珍珠宝贝一样宠着、护着，生怕我哪儿伤着、磕着。在家里，我就是个小皇帝，要风得风，要雨得雨。我的脾气也挺暴躁的，动不动就又哭又叫，看来"服侍"我还挺困难的，这个可以从我和妈妈的照片上找到见证。照片上，妈妈的裤子上还沾着我的尿，湿成了一大片。我自己看了都很难不发笑。那一年，我刚满 1 岁，

我的哥哥刚过 10 岁生日。

我开始上小学了，哥哥放弃了大学，开始经商办厂，一直想在家中出个人才的爸爸把余光都落在了我的身上，目光虽轻，期望却重。爸爸妈妈对我的关爱更浓了、更厚了，要求也更严了。

在那之后，我说想要什么，爸爸铁定是有求必应，只要是有关学业的。

放学了，早已等候多时的爸爸接过我的书包往肩上一背。我真想拿过来，当着这么多同学的面，很是没面子。爸爸就是不让我背，只让我拿小包的点心。回到家，该吃晚饭了，碗筷盘碟已摆得整整齐齐，像迎接大少爷回来似的。盘中的菜全是鸡鸭鱼肉，说是读书费脑子，让我补补。饭后，让我早点休息，以便明天养好精神。第二天是星期六，早上要去学画，挺累的，下午去辅导班，凑合着应付了，晚上才开始做学校布置的作业。爸爸也特意为我买了个台灯，开了空调，说夏天动脑筋容易中暑。就这样在灯光下度过一晚上。星期天，爸爸为我带回了一批书，说是让我今天在家里看书，不要出去了，这样可以增加课外知识，饭我会帮你送过来，安心看书吧。门关上了，我也在书海里泡了一整天，什么事也不干，只是看书、看书。

我知道爸爸是为了我好，想让我考上北京大学，可是过于偏激的溺爱，连鸡毛蒜皮、力所能及的小事也不让我做，也不带我出去舒展舒展筋骨，放松放松心情。我想，这样恐怕只能培养出书呆子。

我不需要这样的爱。

成长的烦恼

"太阳，太阳，给我们带来七色光彩，照得我们，心灵的花朵，美丽可爱。我们带着七彩梦，走向未来。"我们几乎是唱着这首歌长大，虽难免会出现短暂的阴云。可是，我们仍希望那流下的泪水，能被阳光普照。

成长中的少年，会有一些挥之不去的烦恼，而这又是什么呢？幼稚与成熟并存，烦恼与快乐同增，在人生的历程中并不举足轻重，却有了铁枷一样的头衔，时而虚，时而实。

在小的时候，我真的憧憬在梦幻里，那时的眼里看什么都是好的，可是繁重的学业令我改变了，烦恼似乎与时俱进。曾几时，一想远方还有更多的艰险在等着我，我不时退缩了脚步。

在蜜罐里泡大的我，因为不适省城的生活环境，与同学沟通也很困难，缺少知心朋友，非常困窘。爸爸则一如既往地对我鼓励道：上学，不用怕。

我还曾因此产生了不想长大的念头。愿做一片白云，在天空中飘呀飘呀多自在；愿做一条小鱼儿，逍遥好比在海中遨游。

如今，负担一天天重了，是谁，是谁又在背后支持着我。是父亲，是母亲。他们是我的强大后盾，是他们为我排忧解难，是他们和我共分忧愁，减轻我的压力。

成长中的烦恼已不胜枚举，但是有烦恼并不可怕，关键是要正确对待它。从现在起，让我们一起清理烦恼，消除烦恼，带着多彩的梦走向成熟。

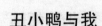

丑小鸭与我

可怜的丑小鸭自从那个"大鸭蛋"出来以后，一直都是受到兄弟姐妹的排挤和冷嘲热讽，最后被迫无奈离开了那本就不属于它的家。

我想，"丑小鸭"虽然生在鸭窝里，但身上毕竟流着天鹅的血，有着天鹅的本性，所以它必然会成长为一只美丽的大天鹅。只要你是一只天鹅蛋，就算是生在养鸭场里也没有什么关系。

我突然从那所谓的"丑小鸭"一下子想到了自己，自己也许也是一只"丑小鸭"正在对那高空之上的白天鹅充满憧憬与渴望。只要有理想，有追求，为着目标不懈努力，即使身处逆境，也不要紧。故事中的"丑小鸭"最终不再是"丑小鸭"，正是因为它有追求美，向往美，不屈辱在鸭群中，讪笑中，不定格于丑陋之中的精神。

其实，普天下所有名人在成名之前也不过和我们一样都是丑小鸭。安徒生是这样，更别说在座的我们的同学们了。

要是在最初的时候，丑小鸭没有这个想法，就局限于游水，吃食，虽然它终会成为天鹅，但却和鸭一样生活，而不能同天鹅一样子，就是无尽地加"0"，而前面没有最初的"1"这个对美的追求，再努力也是枉然。反之，只憧憬于像天鹅，而自己却不去追求同路人，是一味地空想，到头来，还是鸭子。

我觉得，我们不仅要学会想，还要努力，我们都在如丑小鸭一般成长着，将来，我们会不会成为翱翔在蓝天，嬉水在湖

中的天鹅呢?

丑小鸭变成白天鹅终究要有一个成长的过程。

青春的梦

青春是什么?青春是纯洁的思想被无瑕的白鸽永载着拥抱祖国的蓝天。青春是什么?青春是能够分辨善与恶,了解美与丑,洞悉真和假。青春是什么?青春是朦胧的纯真,是那天际最渺远,最轻薄,最纤细的梦云。

人是会思想的动物。从古至今,人类都在不断探究大千世界的奥秘,在认识自我和寻找生命价值的道路上艰苦跋涉,并为人类社会勾画着美好的蓝图。这种对思想的不懈追求,为我们打开了充满活力的理想之门,成为推动人类不断走向光明的动力。这就是人,随着时间的流逝而渐趋成熟,去探索心中的那片浩瀚的真理大海。

霍金是一位高位截瘫的人,他巧用自己仅有的一台电脑,电话和收音机,做到了"不出户,知天下事"。他曾说过:只要有智慧和精神在,没有什么能打倒自己。身体的健康固然重要,心灵的健康更会带给你无穷的力量。

每一个人都是从童年的无知起步的,从看见来自世界上的第一缕阳光照射开始,第一次看清认识了世界,认识人生,逐步认识自己,成熟的心理使你自己更加了解世事,更加了解自己活在世上的理由是什么。当他们成熟时,他们便会有自己的眼和心去观察一样东西或一件事,有自己的审美观念和办事态度,有对某种事物的矢志不渝的追求。

正如牛顿追求真理一般:我不知道世人对我怎么看,不过

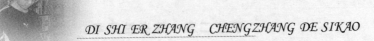

我觉得好像自己只是一个在海边玩耍的孩子，偶尔捡到一颗光滑美丽的石子，但真理的大海，我还没有发现。

种子发芽成幼芽，幼芽便会长成粗壮的叶片；鸟蛋孵化成小鹰，小鹰便会长成老鹰，翱翔穿梭于九霄云汉之中……

青春的梦可是人生理想的追求。梦醒了，该放手去做了，行终究胜于言与思啊，不能一辈子躺在床上空想……

生活与经验

生活的蓝天，不仅充满了纯净，更是遍布着一圈又一圈令人晕头转向的漩涡。越是充满信心、勇气与斗志，越是干劲十足前进，被卷入漩涡的次数也可能越多。但这便是经验，生活中最宝贵的财富。

从小到大，我一直就被经验驯服着、滋养着。

5岁时，我就是战胜了一次次的失败，能够稳当地走上台阶。

9岁时，我算数学题时，总结经验，以寻常的逻辑思维克服了难题。

13岁时，我会在选择题时，以巧妙的排除法避免了扣分的损失。

经验，让我在风雨中能乘一叶扁舟，对大海呐喊："让暴风雨来得更猛烈些吧。"

我的家从前在农村里，长大以后才到城市上学。我有幸能来到这所学校上课，生活是美妙的，观察这美妙的生活，处处有经验。

可能有人会问我："为什么你的日记写得这么好？"我说：

"因为我爱生活呀!"其实我的经验就是"多读,多写,多思"。

光阴易逝,经验在成长,我也在成长。短短的 10 多年,长长的曲折路,经验多了,这个人就充满成功的机会,经验少了,这个人就可能平庸无为。

人为什么活着?是因为生活。人为什么要生活?是因为要活着。人要活着,就要好好的生活。生活就是考验,考验你是否有足够的经验。生活使你笑着反复观察着生活,生活使你重新认识了自我并且懂得怎样去生活。

你是否有足够的经验?

你是否会生活?

——从学会生活开始。

困难面前需要清醒

翻开昨天的日记本,墨色未褪,眼巴巴地捧着那满篇错误的文字,却如沉重的大石压在心里,沉甸甸的……

昨天的宏言壮志哪去了?只留下一个残骸躯壳,空荡荡的,昨天还自信满满地拍着胸膛,今天的手却微微发颤……这个成绩是令我心寒的"83 分"。所有关注着我的人都觉得不可思议。

思绪微微随着飘落的枯叶而去,乱糟糟的,眼眶热热的,红红的。有一种莫名的委屈感、失落感……回到家里,我依然不愉快得很。可是,这又能怪谁呢?还是得怪我自己当时为什么会如此这般?正如老师所说,讲评试卷时是清醒的,做试卷时,便吃了迷魂药……我真想泼自己一身冷水,涤净我的杂念,一门心思静下来读书。我坚信没有付诸努力是收获不到成果的，书是为自个儿读的，将来的路也得自己一步一步走下去。

从这一刻起，看向下一次，一切重新又从"0"开始，又是一场"竞赛"。不要让时间悄然而至，猝然而离，把握时间，从这一刻开始……

"学而不思则罔，思而不学则殆"……

那一次，我真后悔

人一生免不了会犯下错误，古人有云：人非圣贤，孰能无过？有过则改，善莫大焉。有谁能说此生没有犯过错误。至于我，也犯过凡人世俗的错误。

每当我在街道上或是其他什么地方的时候，看到拄着拐杖，坐着轮椅行动的或是根本无法行动的，我的内心里总会隐隐渗出一种罪恶感，于是匆匆走过……

那是我的好奇心倍增的时候，路过异奇的少年宫，里面的人正在飞速滑旱冰。于是，我渐渐会溜冰了。哥哥说，溜冰是一种娱乐，也可以锻炼身体啊！我当时以为哥哥想让我多溜冰，原来，他只是想让我的初中生活少一点忧虑，多一点松弛。我一直把哥哥列为我喜欢的人和我尊敬的人。

我痴恋上了溜冰，不仅早上溜，夜晚溜，这一次溜完了，就想着下一次……当我尽情享受着溜冰场上快速来回的快感的时候，我只感到一种享受，令我不愿离去……可是有一次，悲剧上演了。

这一次，一进入少年宫，我套起溜冰鞋就往溜冰场正中方向径直滑过去，呲牙咧嘴的，旁边的人见了就跑。此时哥哥也加入了进来，我优美地做着滑翔动作，高兴得又踏了几脚加速。此时，"呼!"一切都来不及了，我冲出了溜冰场，眼睁睁撞上了门口一个年纪不轻的男人。这是一个穿着朴素，拄着拐杖的男人，两眼无神地看着我。我发现，当我撞上去时，他没有丝毫反应，更意识不到我的存在。

那个男人被送去医院检查伤口，我的身上也伤得不轻。后来，我终于知道那个人是个残疾人。我后悔我的大意，竟与残疾人撞在一起……

我现在一碰见残疾人就会后悔当初的所为……

橘子问题

家里的人都知道我，是在吃东西方面最挑剔的。可不，我爱吃橘子这个嗜好也传入他们的耳中，便忙不迭地为我买了一大袋橘子。

橘子正整整齐齐地趴在我的书桌上。我从小就一个特点，要不就不吃，要不就是暴饮暴食。我随手就拿起一个，皮凉凉的。我习惯地从中间剥开，拿出一瓣扔进口中，一股凉凉的汁液流进体内。也的确是的，如今正值金秋之际，天气渐渐转凉，怪不得会是如此。

吃着橘子，却想起北方的枳。北方有枳，苦涩无味，南方有橘，香甜可口，同一种东西生长在不同的地方，会有两种结果。

每一样东西都只能在它适合的地方种植、生存，强迫移位，只会令它不服水土。就如西部的高地吧，主要是种植青稞，而东部的丘陵主要种植小麦。要是硬来对调，都会引发

"变异"，使其产量质量骤然下降。

只有投入到自己热爱的适合自己的环境之中去，才会茁壮成长。

心灵之窗

眼，是心灵之窗，是情感流动的象征，也是"会说话"的心扉……

眼睛还在人的感官中列居首位：眼、耳、鼻、口。耳朵是听的，鼻是嗅的，口是尝的，眼是来看这千山万水、花鸟世界的。世界多么仁慈，赋予了耳、赋予了鼻、还赋予了口，更赋予了描绘世界的"画笔"。

要是没有了眼，只能面对着死一般惨寂的黑墙，意味着没有色彩、没有乐趣、更没有机会目睹这世界的芳容。没有眼就像一块广阔无垠的"幕布"笼罩着天地一切……

眼睛是心灵的取景框。人生旅程，点点滴滴，一一凝聚在眼球里，看在眼里，记在心里。而回忆的时候，就像在翻阅往昔照片……

从一个人的眼睛能看出一个人的内心。内心世界变化莫测，肉眼看不到，但却可以通过眼睛而窥知。眼睛稍有变化，心灵的秘密便流露得清清楚楚。

犯错的时候，长辈的眼睛是一面冷光镜，严厉的目光，在我身上扫来扫去，批评的话音还未落下，我的心已被砸碎了；做完好事的时候，妈妈的眼睛是暖火炕，柔和的目光拂过，夸奖的话音还没到，心里又喜又暖。眼睛是"会说话"的心扉。

眼是内心的窗户……

ZAI MENGXIANG ZHONG CHENGZHANG

在梦想中成长

　　爸爸给的零花钱我一般不会买零食，我喜欢买书，在书中我可以找到我想要的营养和快乐。

第十三章　读书·感悟

阅读"纹"心

　　学问，学问，如果没有刻苦地学，没有深究地问，那么始终掌握不了一门好学问，乃至博大的学问。同样的，阅读也是如此。阅读，阅读，如果没有精辟独到地阅或是那美声般的朗诵，那又怎能称得上是阅读，或是了解参透了呢？

　　阅读使我们变得更加有涵养，内心也被熏陶，因而文雅代替了鲁莽，沉着代替了武断，明智代替了愚蠢。当你翻开一本好书，你会感到内心似乎在被净化，剔除了心中那些黑暗的地方和纠缠不清的角落，释放了那些愁闷或是难以言喻的内心快乐。你会在阅读他人的文章时，找到共鸣，发现自我，并且超越自我。

　　当你看完卷尾后，或是一段话掩卷沉思时，你会发现内心有一种东西似乎"纹"在了你的心上，它让你有了心灵美——那些善良，那些热忱，那些纯真！

　　阅读，就是高尔基所说的进步阶梯，精神食粮，也正是鲁迅所说的向上的车轮。总之，阅读是人类不可缺少的一种生存方式。

　　动物与人，同在这片土地上生存，但为什么是人类作为万物的灵长呢？恐怕与语言文字、阅读不无关系。那些传说中的狼孩、野人，大概就是长时间没有语言、阅读的结果吧！

周总理的廉洁故事

　　闲来无事，便有空上读书网翻阅书册，如此，既可培养心

在梦想中成长 197

静气和，又能了解古今中外的新闻大事，不亦乐乎？这一浏览，就看到了《周恩来廉洁自律的故事》。

廉洁，是当下一个全社会都关注的热点话题。其实早在远古时期，中华民族就非常标举廉洁的美德。宋代的包拯就是这样的一个典型。他以端正严明的态度来惩治罪犯，连皇亲国戚如陈世美之流也不放过，正因为如此，被当时的百姓赞为"包青天"。他还立下家规：凡对国做了不利的事的包氏子孙，死后不能葬于包家祖坟。他的做法世代为人称颂。

敬爱的周总理也是一样的，他不仅在工作中严以律己，在日常生活中也艰苦朴素，不贪用一分钱的公款，更不乱花一分钱。周总理对我们说："现在祖国还不富裕，到祖国强大昌盛，也要依旧保持朴素的生活。"

周总理常常舍己为公，他把去宾馆看望国际友人等许多费用开支也算自己的，如自付汽油费。他的亲属来探望他，他从没派公车去接过一次，他不允许任何身边的人用公车办私事。他慎重向司机老杨同志说："我的任何亲属来京都不许派车。"周总理的这种公私分明、克己奉公的光辉思想一直坚持到最后一息。

读《坐在最后一排》

世上的每个人都渴望被人重视。本文中的小主人公曾是一个默默无闻、自卑，做事两天打鱼三天晒网的人，后来终于克服缺点，赢得他人重视。正如文中所说：

"上小学时，我一直是个非常自卑的女孩子。因为丑，因为笨，因为脾气倔强性格孤僻和同学们合不来，因为不会乖言

巧语，察颜观色讨老师欢心，每次调座位，老师都把我安排在最后两排，而其实我个子很矮（班里有条不成文的规定，只有好学生才有资格坐前排，而前排中间的位置则是优等生的专座）。后来，我索性赌气似地主动要求老师把我和最后一排的一位男同学调换一下位置，固定坐到最后一排去。"

这个女孩子因为被老师看不起，而显出自卑的心理，主动选择了最后一排的座位。但自从班主任调换后，来了一个貌似作者表姐的老师，这个声称"明白"每一个同学的"白明"老师开始对这个不起眼的女生关注起来。而作者那时近视，做题目抄错一大片，而主导原因就是因为看不清黑板上的字。我也是近视的，我深深体会到当老师在上面嘴里叽哩呱啦讲个不停，而坐在最后排的却看不清黑板上的字，只好自暴自弃的困境。

在新老师的鼓励与关爱下，她学会了在风雨中坚强地微笑，学会了尊重自己，开始在乎别人的看法……

我觉得主人公就是一只尚未成熟的丑小鸭，虽然她没有超凡脱俗，出类拔萃的智慧和性格，但她也憧憬自己的向往。

真正的勇气

读完了这样一篇文章，我心澜起伏，脑海汹涌，因为我正是和本文主人公相反的人，缺乏勇气，性格内敛且柔弱。

不论是美国青年的勇气，还是法国女人的勇气，都是我所缺少的。在仅有一丝希望和唯一生路的情况下，美国青年拼命寻求生存下去。那么一种勇敢的决心，那么一种艰难及艰险的情况下，是常人无法办到的，他正是怀着石缝中求生的希望，爬上了生的彼岸。非比寻常的勇气。

　　然后便是那位勇敢的法国女人，在第一次同意藏起那些美国青年后，自己的丈夫遭到死亡的代价。而在美国兵逃脱后二度到来时，还是毅然勇敢地接受了美国兵，再次把他藏在自己家中。在法国女人那钢锉不断的勇气、永不懈怠的勇气的庇护下，美国兵逃过了德国兵的追捕。

　　文章结尾的那位空军将领对法国女人的评价是："她是一个幸福的女人。""她懂得她信仰的是什么。"她信仰的是她自己的决定，一份伟大的勇气。

　　掩卷长思，勇气是如此的伟大可敬。在我们生活中呢，虽然没有了真正的敌人，但千万个"敌人"正向我们奔来……一个又一个困难、挫折，我们怎么去面对？哦，请记住，只有勇气！

　　文章虽然短小，但是情节曲折动人，尤其是那位法国女人在危难面前所表现出来的朴实、善良、坚毅的品格会长时间地留在我的脑海之中。

梁山泊的出路

　　呼保义宋江、豹子头林冲、行者武松、花和尚鲁智深……这些响当当的名字都被后人津津乐道。在他们身上，我们读到了英雄们的豪放豁达、慷慨正义、敢作敢为、快意恩仇。

　　人们常对宋江渴望朝廷招安耿耿于怀，万分不满，甚至有人说宋江是投降派，秉性懦弱，不配与梁山一百零七好汉为伍。可我认为宋江此举是明智的。

　　当年，梁山好汉们虽然在民间享有盛名，但他们知道在朝

廷的正史上记载的将会是："宋江等一百零八贼寇集聚梁山泊，烧杀掳掠，危害百姓。"即使好汉们不在乎后世的名声，当时的局面亦注定他们不能完全与北宋政权为敌。那时，辽国割据幽云十六州，对大宋虎视眈眈。梁山好汉一旦与宋军交锋，辽国就会乘虚而入，渔翁得利。好汉们难道愿意引狼入室，让辽人来统治宋朝的一片江山？

再则，梁山好汉们也知道他们迟早会生老病死，他们的基业又由谁来承继？虽然他们是"替天行道"，但又会有哪些父母愿意让自己的孩子成为官府通缉的贼寇？

总之，时也，势也，都注定了招安是梁山泊最合情合理的出路。

虚心使人进步

谦虚是一种美德，在我看来，要有所进步，必须从不自满开始。

学知识要虚心，只有虚怀若谷，才能装进有用的东西。谦虚的人善于发现别人的长处而常见自己的不足。谦虚的人不斤斤计较个人得失，能以国家和人民为重。谦虚的人能正确认识每个人的价值，把个人取得的成果当做群众智慧的结晶。

不经意间发现，大凡一个人在逆境中不容易骄傲，往往在环境比较顺利或取得一些成绩时就会滋生骄傲的情绪。有些人在学习或工作中遇到一些挫折时，会意识到这失败后面孕育着成功的种子，从失败中寻找到答案，经过不断努力就会到达成功的彼岸。可是当他们取得成绩时，却沾沾自喜，让骄傲支配了一切，以为自己什么都懂了，尾巴翘起，忘乎所以，开始计较起地位、待遇，甚至为了个人荣誉，不惜弄虚作假，最后落得身败名裂，葬送了才华，损害了事业……

这些人充其量不过是目光短浅的井底之蛙，骄傲自满是禁锢他们的枯井。他们应该从井底跳出，看看井外的世界有多大。人类的事业是宏伟浩大的，事物变化无穷，科学无止境，我们所做的不过是沧海一粟，有什么值得满足骄傲的呢？牛顿年纪轻轻就发现了万有引力等三大定律，被誉为经典物理学的奠基人，但他并没有沾沾自喜，裹足不前，仍然孜孜不倦地向新的领域进军，攻克了一个又一个科学堡垒。居里夫人两次获得诺贝尔奖金，可她始终十分谦虚。她曾经说过："在科学上，我们应注意事，不应该注意人。"这是何等博大的胸怀！而2000多年前的楚霸王，一度声势浩大，威震四方，只为一个"骄"字，弄得众叛亲离，四面楚歌，自刎乌江。"满招损，谦受益。"这是总结了多少人痛苦经验而得出的结论！

"虚心使人进步，骄傲使人落后"。这句话一直铭刻在我的心中，伴随着我的学习和成长……

勇敢的尝试

如果你遇到前人没有做过的事，你敢挑战世俗，冲破旧观念吗？如果前人失败多次，你会去创造成功吗？如果世人都用一种方法去做某件事，你会换一种思维去尝试吗？如果你的答案是肯定的，那成功就属于你。

人们总是很相信经验，认为按照先人总结的方法去做会少走弯路，可事实如此吗？膘肥体壮的角马遇到瘦小的豹，拼命地逃跑。眼睁睁地看着同类进入豹子口，为什么没有角马去挑

战豹？也许角马爷爷告诉角马爸爸："豹是我们的天敌，活命的办法是跑。"角马爸爸告诉角马儿子："我们不可能战胜豹，命中注定，我们只能跑。"于是世代相承墨守成规，坚定不移地相信。但也许有角马去挑战，但以失败告终，更坚定了角马的信念——豹是不可能战胜的，就不知挑战陈规并不是一帆风顺的，在摸索当中会有巨大的牺牲！

作为万物之灵的人类，却与角马有着惊人的相似之处，不敢怀疑前人是错的。毋庸置疑，一旦挑战失败，会落个不自量力的笑柄，但一味地继承又何来发展？鲁迅在谈改革时说："人固然应该生存，但为的是进化，也不妨受苦，但为的是解除将来的一切苦；更应该战斗，但为的是改革。"

历史的长河奔腾不息，时代的车轮滚滚向前，人类的社会总是不断在变革中发展着，就让我们勇敢地尝试新事物，创造新世纪的奇迹吧！

知错就改

古人云："人非圣贤，熟能无过？"然而知错就改，仍然是好样的。

前些天在报纸上刊载了这样一件事：一名中学生抄袭一名作家的文章被刊登在《中国校园文学》上，后被发现。就这个问题，这个错误，她并没有采取逃避的态度，而且勇敢地公开承认自己的错误，并请求人们的原谅。于是，人们没有再去责备她，而是从心底里原谅了她，并鼓励她重新振作起来。

试想如果她没能勇敢地正视自己的错误，没有写那封公开的致歉信，那么她一错再错下去，非但不能展示自己的文学才华，甚至还会身败名裂。可见，能勇于承认错误是多么难能可贵的一种品质。

其实在日常生活中，此类事也是经常发生的。然而，当事者往往没有勇气承认错误，承担责任，而后他们便在社会舆论中消沉下去，再没有展现自己才华的机会。事实上，我们从她的例子可以看到：犯错误并不可怕，可怕的就是犯了错误而死不悔改，于是就此一路错下去。只要你知错就改，大家是可以原谅你，社会是可以接受你的。试想，一个犯过罪，坐过牢的人都有从头再来的机会，更何况就犯了这么一点小错误的你呢？

再来看看我们自己，又有多少人能够真正做到知错就改呢？就拿我们上课说小话为例吧。被老师点了名，我们多半是为自己辩解，又有多少人真正地认识到自己的错误，而去改正呢？久而久之，我们便不能把上课说话当做一件错事，甚至认为这是理所应当的。于是便一错再错，这是多么可悲呀。

错误并不怕，可怕的是逃避错误。人们大都是宽容的，只要你真诚忏悔，就会得到大家的原谅。

诚实是金

诚实，是高尚的品德。

诚实是一个人有品德有修养的表现。《礼记》上说："诚者，物之始终，不诚无物，是故君诚之为贵。"诚实，是君子可贵的品质，从另一角度看，即使是犯了错但诚实的人也称得上君子了。事实上，君子虽然品德高尚，但犯错误也是不可避免的。"人非圣贤，孰能无过？"人有错误，是不奇怪的，关键看如何对待自己的错误。如果对自己的错误不加掩饰而是让它充分暴露出来，然后想办法改正，是可取的，也只有这样才能进步。相反，如果有了缺点硬是不承认，而想办法掩饰，就不是一个品德高尚的人了，正如《伊索寓言》所说："掩饰一个缺点，往往会暴露另一个缺点。"而这个缺点，就是不诚实。

有些人，也深知诚实的道理。在一些小事上，舍弃自己小小的一点利益，装作诚实的样子，得个诚实的美名，一到事关重大，就原形毕露，虚伪得无视事实的存在。这样的人要说诚实，真是玷污了"诚实"二字。

"竭诚则吴越为一体。"因为诚信，两个敌对的国家都能合为一体，那么，我们有什么理由不愿帮助那个犯了错而又诚实地承认的人呢？《中国校园文学》杂志的编辑们从不姑息抄袭的人，但诚实的人是个例外，因为对于诚实的人，编辑们愿意给这样的人机会，愿意帮助他，因为这样的诚实难能可贵。

诚实是金，我们应该以这样诚实的人为榜样，来学一学这真正高尚的品质。

ZAI MENGXIANG ZHONG CHENGZHANG

在梦想中成长

义乌市位于浙江省中部，东、南、北三面环山，中部为河谷平原，河流属钱塘江水系。境内最长的河流义乌江有90多条支流。义乌四季分明，气候温和，可谓有山有水、风景秀美。义乌人喜欢经商，奔上小康的义乌人已经不满足于昔日先进集贸市场的称号，经过努力，义乌市已经成为全国卫生城，全国优秀绿化城市，是拥有了自己的飞机场的现代化都市。

义乌还是一个名人辈出的地方。骆宾王、冯雪峰、吴晗、陈望道、朱恒等都是我们义乌人。

第十四章　我爱我的家乡

我的家乡，你好！

我出生在义乌这片不大的土地上，对于祖国的疆域来说它只是沧海一粟，但对于我这个平凡的人来说，它却如此这般了不起。

在我看来，这个小城既古色古香而又具有现代化的气息，虽然它历史上曾受到过外国侵略者的蹂躏，受到过炮火的摧残，但它在百年后的今天，依旧不失魅力，吸引着四方来客。

"我的家乡，你好！"我被你深深地吸引了，我热爱这片哺育着我，以爱的光辉滋润着我的土地。在你的肩膀上曾经有多少人成名于天下，又有多少在你的呵护下富裕起来！我为你骄傲，家乡人民为你骄傲，中国人民更为你骄傲。"小商品海洋，购物者天堂"是你的名片，无数闻名而来的游客是你的自豪。

"我的家乡，你好。"现在是奥运年，各国人民都来到这片疆域上一睹风采，我们也积极宣传着奥运精神：同一个世界，同一个梦想。是啊，只要同属一个世界，就会有同样的梦想，家乡人也正为梦想的家乡努力着，每一个人心中都充满希望，决定为了家乡去努力、去竞争……

"我的家乡，你好。"现在你的儿女越来越多，我们一定会把我们所栖息的这片土地变得富饶起来，让全世界都知道还有这样一个小城市存在于祖国江南这鱼米之乡里。为了要实现这样美好的愿望，我们必须一起努力，携手共建我们那个不一样的但却息息相关的梦想家园：清澈的湖水，瓦蓝的天空，洁白的蒲公英，火红的枫叶，天真的儿童，没有喧嚣与污染，只有爱与和谐。

"我的家乡，你好。"

家乡的河怎么变黑了

我的老家在一个山沟沟里，土地贫瘠，生活落后，跟不上飞速的时代发展。可是，不幸中的大幸便是风景很美，湛蓝的天空，空灵的河水……

还记得，我家的后院直通后山，放眼望去，野山野花园，芬芳诱人，潺潺的溪水从山坡岩石上流溢而下，从山顶至下袅袅不息，两岸的弱柳妩媚多姿……

几年以后的某一天，我回老家，沿路却发现那条小溪两旁的"弱柳"果然无精打采了，一根根枝条耷拉下来，也见不到几片绿叶，连根也成了那种不正常的黑色，正逐步向上蔓延。我继续往里走，迎面碰上的几个村里人面泛青色，嘴唇龟裂，神情晦暗。我猛然意识到村里出大事了！

果然，刚往村里走了不久，便见几个人一队，担着水桶往村外走去。经过打听，才知道他们这是要去外村担水。原来，村里的溪水、井水都已不可用，用了就患上细菌感染症，只好纷纷到邻村去借水……

村里，的确有大的变化了，一幢幢崭新的居民楼竖起来，有的还在建，残余下来的沙石、水泥、不计其数的工业废物堆砌成了一个土丘。一个民工用搬运车拉着满满一车的工业废物上了那个后山坡，往山顶上一倒，便溜之大吉。一眼望去，只见山坡的最高处，堆满了肮脏不堪的垃圾，而堆积点竟就在水源附近。流水一经那些垃圾，流下山去的便都是黑乎乎的。

远望去，一缕缕黑烟徐徐飘起，一股刺鼻的气味扑面而来。在不远处，不知几何时建了一座化工厂，时刻不停地向外喷放着有毒物质，熏黑了那片天空，染黑了那条河流……

农家山庄

想必我们是吃腻了城市的荤腥，一家人不由自主地喜欢吃上了农家的土菜。据说，城里卖的农产品之所以个大、肉多，全是因为里面的基因转换。常吃这种食品，可能会对人体不利，起致癌作用，这对患脑血栓、心脏病的老年人来说，无疑是个大隐患。

自从听说农村里的农产品都是原汁原味的，不添加任何这剂、那剂之后，我们一家人毫不犹豫地爱上了农家菜肴。这不，我们全家又整装待发，去赴农家宴。

一到达目的地——农家山庄，我就迫不及待地下车，东张西望起来。我早就打听好了，这儿有许多野生的动物，常有许多来这儿的食客饭前总得来饲养处观赏一番。

那饲养的圈栏里，活脱脱是一个动物园。那白里透着粉色的鸡蛋，颜色与城里卖得差不多，个头可小得多。我们逐个望去，每只公鸡都是雄赳赳气昂昂，自信地迈着舞步，健硕的大腿带动着赤色的鸡爪子。在一个饲养棚里，一群羽色艳丽的似鸟似鸽的动物在地上散步，身上披着五色的衣服，每一根羽毛还都带着美丽的花纹图案，光彩夺人，似是孔雀的幼期。

再往下看，是一只肥大的野猪，黑棕色发出油光的毛不停地抖着，嘴里还不停地发出哼哼声，一会儿又使劲地在墙角处拱着泥土，像是在抓痒，发出响亮的呲呲声。墙角处有一个水龙头缓慢地滴着水，是给野猪供水的。我特地从旁边的竹林里折下一根新鲜的竹枝，喂给野猪吃。没想到它嚼巴嚼巴还挺香！我初次知道野猪还喜欢吃竹子啊，它不但是肉食者，还是一位素食主义者啊。

下去是孔雀王子啦，我知道在孔雀王国里，王子是比公主爱炫耀。我们一围上去，它就开屏了，一开就是老半天，也不嫌累，直到人走得差不多时，才愿意收拢自己的羽毛，可以看出它是多么骄傲啊！

当然，我们也没少了吃那原汁原味、绝无污染的农家菜！

野外烧烤

一路上昏昏沉沉，车内的空气没有一点流动的余地。迷蒙中拉开了窗，热烈的阳光四射，脑子晕极了，心里焦躁难忍，禁不住就想狠挠几下。这是一个漫长的假期，朋友叫上了老爸和家人，特意上柏峰水库烧烤去，松弛一下紧绷的大脑。老爸一拍大腿"好啊！"就成行了。

入山大约几里路，清秀的山，明朗的水，展现出它分外迷人的秀色。透过几厘米厚的眼镜片，山路越高越陡，弯道也越来越多，一不小心或许连车带人翻下水去。路旁置上一面凸镜，来回车辆留意便可。狭窄的小路时直时弯，突起的山石让车辆东摇西晃，时快时缓，似一醉汉，踉踉跄跄走在路上。驶入了高峰，怪石嶙峋，山峰陡峭，正是"山路十八弯，农家骑云端"。

我们在有水的地方停车落脚。嘿，这还是个山庄，牌匾上写着"农家山庄"。溪流旁，一群人围坐在炭火旁，自己烤着自个儿爱吃的美味，就算是烤得毛毛糙糙，在这充满野趣的地方，那滋味也能与山珍海味媲美吧！刚刚用石头堆砌而成的烧烤台，已摆满了各种调料，样样俱全，什么胡椒粉啦、香油啦、辣椒粉啦、洋葱粉啦、麻辣鲜啦、真是应有尽有。

我们看着山，望着水，品着自己亲手烧烤的美味，在槐树下享受绿荫。熏烤的炊烟随着空气升华了，被吸收了，被这些可爱的大山默默地吸附了。山林为人所不及地解决了污染的问题，吐出清新的空气，净化了这里的天空，流水，人家，甚至清除杂念，净化人心。

同去的小伙伴在吊床上摇来摇去，活似逍遥仙。溪流的涓涓声中夹杂着爽朗的笑声……吃过鲜美的野味，舔舔双唇，不忍离去……

上了车，云中的雾霭相聚，天越发黑了，但景色不会变丑。

泼水狂欢节

据说，在公元前8世纪的古希腊城邦米利都，有个叫泰勒斯的人经常喜欢对身边的万事万物进行思考。他看到洪水退去后，陆地上的作物开始生长，刚下过雨的地方出现了青蛙和虫子，因此他觉得水与一切事物都有着不可分割的联系，水是世界万物的生命。

西方有意大利水城威尼斯，东方有中国水乡江南。若说前者是彬彬才子，后者就是纤纤女子。今天便是中国影视城——横店的泼水节。

晚饭后，我、哥哥和嫂子一家人齐手拿出早已准备好的衣裤，作换洗之用。我们各自上了车，望了望天色，已不早了。

　　跟着哥哥、嫂子一起来的，还有一个小妹妹和她的妈妈，她的妈妈就是嫂子的大姐，我还没有弄清楚该叫她什么。一路上便寡言，不与她交谈。她也只是默然，只是和嫂子讨论起明早要去为女儿买衣服的事。旁边的小妹妹只是一个劲咧着嘴傻笑，却不发出声，只露出那缺了两颗门牙的嘴巴，显出一种脱俗的稚气与天真。听嫂子说这个女孩的名字叫作珍珍，非常喜欢跳舞，更喜欢穿漂亮的衣服跳舞，8月初将要去北京参加舞蹈比赛。她的父母也将亲自去现场和观众们一起观摩。

　　因为江南水乡离城区较远，车程稍远，哥哥因不熟路，中途便"落队"了，最后，终于到达了目的地。

　　我跟着哥哥一行人来到一个似古代居民房屋的大门，全是用木头建造成的，大大的匾额上题着四个金字——江南水乡，在皎洁的月光下熠熠生辉。

　　走进大门，我接过嫂子给我的毛巾，顺势挂了在了脖子上，做出泼水的动作。旁边的小妹妹用手一挡，附和着被水泼的动作，我们都捧腹大笑起来。我看了看票价，哦，原来金华地区的人都可凭身份证半价优惠35元，怪不得这里来的大都是义乌金华地区的人啊。向门外看，全部是浙江义乌的游客，外地人颇少……

　　我们随着拥挤的人流进入水乡，沿着一条已被泼出来的水完全濡湿的弯曲小路，空气中都弥漫着一种凉爽的水气，脸上感觉凉凉的。一座座古镇里才有的古宅、老房，却出现在了这江南水乡，使人倦怠尽消，精神一振。

　　走出了古宅，转角又出现了一座古桥，一阵歌声和灯光，在远处忽现忽隐，变幻莫测。

　　我们先行来到了寄存室，那是一座四合院，分上下两层。

结构布局都与古人住房颇为相似。我们每人拿了一个小塑料脸盆，作为泼水的作战工具。还没等我们准备好，几个小孩子已经用大水枪误伤了我们，有的人还特意带了不锈钢的脸盆。

　　走出寄存屋，一阵激亢响亮的音乐响起，主持人激昂有声，只见灯光四射，四面歌声，水面喷涌。我们一行人都到了广场的周围。这里中央是一个凹陷的坑，地势较低，水从高处流下，都汇聚在这里。中心处又有一根白玉柱，矗立在嬉水广场上，高高伸向天空，取意九霄云汉，越伸越高。主持人一声令下，"三、二、一"，一阵亦真亦幻的霹雳闪过，白光一现，似龙王爷发怒了，几秒钟过后，大水倾泻而下，声势浩大，气势澎湃。广场上的人都高举脸盆，像是向天取水，向龙王爷要水。山洪爆发般的水汹涌地向山下涌来，掀起的水珠漫过山坡，沿下坡到达人的脚跟。不过半分钟，大水已经漫过了人的脚踝。

　　人们都不闲着，主持人又一声："拿好手中的脸盆，泼啊！"激昂的音乐又四面响起，振奋人心。我也不闲着，拿起脸盆就往别人身上泼，只觉得自己四面受敌，被人家使劲泼着。环顾全场，我前后都受攻，我用脸盆遮住脸，再没有反抗能力。一失足又跌进了猛涨的水里，像只腹背受敌丧失信心的小兔子，畏缩着。

　　突然我感到身上没有水的攻击了，转头一看，原来是哥哥挡在我的前面保护我呢。他一个人竟然战胜了四个人的连续攻击。本轮战，我有些受宠若惊，不知眼前是泪？还是水？嫂子介入这场无硝烟的战争中，也是以失败告终，沦为落汤鸡了。全是哥哥冲出来奋不顾身把水泼向那些人。

　　水渐渐少了，我的脸盆也破了一个大洞，哥哥也被累得倦怠了。其次呢，这么多人一起向你泼水，撞谁也管不了啊。泼水狂欢结束后，身上舒舒爽爽的。

常听说有傣家族过泼水节，如今我们义乌的城里人也爱上了这一号！大热天里，出来进行水上运动，既锻炼了身体，又凉爽解暑，何乐而不为？

访吴晗故居

清晨，我和爸爸早早起了床，我被动地在爸爸的催促声中整理装束。爸爸特地从百忙之中抽出空来带我去"吴晗的世界"里看世界。

> 吴晗，原名吴春晗，字辰伯。历史学家、教育家。浙江义乌人。1957年加入中国共产党。1934年毕业于清华大学。后任云南大学、西南联合大学教授，清华大学教授、系主任、文学院院长。1943年参加中国民主政团同盟，积极从事民主运动。建国后，历任北京市副市长、北京市第一至四届政协副主席、中国科学院哲学社会科学部委员。1958年当选为民盟中央副主席。是第一至三届全国人大代表，第一届全国政协委员，第二、三届全国政协常委。一生从事中国古代史研究，对明史的研究尤有成就。著有《朱元璋传》和历史剧《海瑞罢官》等。

吴晗的故居在上溪镇苦竹塘村，苦竹塘就是因村子的南边的一口塘而得名。来到吴晗故居，听吴家的亲属说，这座建筑是由吴晗父亲吴滨珏于1924年所建，系前廊式天井院砖木结构建筑，占地面积 463 平方米。

迈进吴家前院，绿树郁郁葱葱，给人以一番虽夏日炎炎，却坚忍不拔之意，确有一代文豪之气。故居坐北朝南，里阔五间，前院和内院的穿堂门呈拱形，是古代特有的建筑风格，进深愈阔，进深愈深，前后左右大概 20 米左右。建筑阔大，好比吴晗心胸阔大，刚毅不阿。整体建筑大体上呈"凹"字形，轴对称分布，上下两层，由正堂、边房两厢及花园组成。正堂敞亮，正门直对山墙和围墙，稍间用板壁隔断，山面辟石库门通室外。

在阁楼的回壁上挂满了吴晗的生平简历，所剩的家具也已寥寥无几了。吴晗出生在吴店并且很有悟性，据说"一目十行，过目不忘"。他的这种天赋使他有了爱书的优势，他的好习惯常常是借书就还，不借就在人家门口看，这种爱书成痴的性格为他以后成为著名历史学家打下了基础。吴晗因其处女作《两汉的经济状况》，受到了胡适的特别欣赏。吴晗给胡适写了两封信，向他求教并讨论有关《佛国记》和曹雪芹家世的学术研究。

吴晗和李公朴、闻一多曾是故友，得知他们先后被特务暗杀，虽然明知自己也已上了被暗杀的黑名单，他还是忿然写出了《哭公朴》、《哭一多》的悼文，公开发表。在上海各界公祭李、闻的大会上，他发表了声讨蒋介石和国民党法西斯暴行的演说。

吴晗一生心系故乡，"金鹁鸪，银鹁鸪，飞来飞去飞义乌"的那支民谣一直在他心中回响。他曾称杭州到诸暨的铁路是"最坏的铁路，最坏的车厢，最龌龊，最无秩序的"。爱国爱乡之情昭然。

他在"文革"中因新编历史剧《海瑞罢官》而遭迫害，含冤去世。他三天两头被造反派拉出去游斗，被绑在烈日下的枯树上，造反派从脖颈处往他衣服里灌被晒得滚烫的砂子，用皮鞭抽他……他说："只要我不死，就要和姚文元斗到底。"

下午，我们又辗转行车，来到了不远的吴晗墓。放眼望去，四周尽是绿涛碧波，松柏针叶。台阶从左峰一直到右峰底形成了一个弧形，似从中开出了一条路，围出了一块空地，吴晗就长眠在此。吴晗因《海瑞罢官》被打成反革命，批斗而死。家乡人闻讯后，全乡恸哭，小白花挂满了村里的每一棵树，整个村庄被白色包裹着，素布飘曳，哀乐空鸣，连空气都似乎凝固了，为家乡失去一个优秀的孩子而悲伤，为我国失去一位伟大的历史学家而惋惜。安葬的场面据说十分隆重，送行的队伍绵延几公里。

吴晗的忧国忧民、浩然正气，万古长存。走出吴晗故居，我心神荡漾，余波未平。

参观陈望道故居

我们义乌有山有水，人杰地灵，出了好多名人，如骆宾王、吴晗、冯雪峰、陈望道、朱恒等。

爸爸喜欢我们家乡的几位名人，希望我也有他们的聪明与才智，因此分别带我去了他们曾经生活居住的地方参观。上个星期六上午，爸爸开车带我参观了陈望道故居。

陈望道可是一位了不起的人物。他是我国著名的思想家、社会活动家、教育家、语言学家，是中国共产党创始人之一。

陈望道的简历如下：

第十四章　我爱我的家乡

　　陈望道，笔名雪帆、晓风。浙江义乌人。中共党员，民盟成员。大学毕业。1919 年在浙江第一师范任教，1922 年任中共上海地方委员会第一任书记，后历任上海大学教务长，安徽大学教授，广西大学中文科主任，复旦大学新闻系主任、文学院院长，华东军政委员会文化部长，复旦大学校长，中国科学院哲学社会科学学部委员，上海市语文学会会长，华东作家协会理事，《辞海》总主编，全国政协常委，全国人大常委，民盟中央副主席，上海市政协副主席。1952 年加入中国作家协会。1920 年翻译了我国第一本《共产党宣言》，著有《修辞学发凡》、《美学概论》、《文法简论》，译有《社会意识学》、《苏联文学理论》、《实证美学之基础》等。

　　陈望道出生在分水塘。分水塘是义乌夏演乡的一个偏僻的小村，邻着浦江县，周围山峦重迭。因这里的水流分别流入义乌和浦江，故称分水塘。

　　陈望道故居是一幢建于清宣统年间的庭院建筑。一进五开间，左右厢房各二间，开间前檐有天井，设有照墙。古居右角不远处是陈家的柴屋。1919 年，陈望道从日本留学回来，因提倡思想解放，被当局以"非孝"、"废孔"和"共产"、"共妻"的罪名而遭查办时，回到家乡，并在这柴屋中首译了《共产党宣言》中译本。后来，柴屋焚于火中，而他翻译的经典著作，却为中国革命"盗取"了"天火"，照亮了革命者的道路。

　　陈望道故居陈列着他的生平事迹、照片和部分珍贵书籍，是让人们了解革命的绝好教材。

参观艾青故居

著名诗人艾青是我们浙江金华人，我喜欢文学，喜欢诗歌，喜欢艾青的诗。今天上午，我和爸爸、舅舅一起去拜谒了我喜爱的革命诗人艾青。

艾青的简历如下：

艾青，浙江金华人。中共党员。大专毕业。1928年考入国立西湖艺术院，1929年赴法国习画，1931年在巴黎参加反帝大同盟东方支部，1932年回国后加入左翼美术家联盟，因思想激进被捕，1935年出狱，1941年赴延安，任《诗刊》主编。抗战胜利后历任陕甘宁边区参议员、区政府文委委员，华北联合大学文艺学院副院长，华北人民政府文委委员，《人民文学》主编。中国作协副主席，全国人大常委，中国文联全委会委员。1932年开始发表作品。1952年加入中国作家协会。著有诗集《向太阳》、《火把》、《他死在第二次》、《旷野》、《北方》、《献给乡村的诗》、《大堰河——我的保姆》、《反法西斯》、《黎明的通知》、《黑鳗》、《海岬上》、《归来的歌》、《彩色的诗》等，论文集《诗论》、《新文艺论集》、《艾青谈诗》及《艾青全集》（5卷）。

这次参观艾青故居，纯属偶然，纯是因为随爸爸到朋友家做客的意外收获。当时，爸爸他们大人偶然在饭桌上提起了艾青，说他的故居离这儿不远。我便嚷着要去瞻仰一下这位大文

学家的故居。

　　沿着公路左问右探，终于来到了艾青故居，起初还是在喧闹的市集中，后来才是艾青那黑瓦白墙寂静的故居，远处是几声渺远的鸡啼和犬吠。来到故居门口，得知故居正在装修。那扇锈迹斑斑的大门显得如此苍老，那贴在门上的横幅，已经由红色褪成黄色的了。踏进门槛，便觉得这与我们游过的名人故居结构相似，大致都是民国建筑的风格，依然是那样的古色古香，透出历史的印迹。

　　房子老了，但那历经风雨的苦难却深深地烙印在村民心中，偶有村民路过，见我们在瞻仰故居，便会热情而主动地介绍起艾青的往事，娓娓道来，事情犹如昨日，让人唏嘘。

　　当时艾青就是写下《大堰河，我的保姆》这篇诗作而扬名全中国，让全中国都知道了浙江金华还有这么一个名人。其中艾青所说的"我的保姆大堰河"指的就是他的保姆大叶荷，诗中赞颂了大叶荷博大、宽广的爱和精神。

　　据说艾青每年放暑假都会回家乡到门前的大槐树下的石凳上画画、乘凉，那时的槐树枝粗叶大，蝉鸣声声。他喜欢追求值得享受的事情。因此他一度认为捉蝉、钓虾是整个暑假最有意义的事情。

"神童"骆宾王

　　我从小就听大人们说我们义乌出过神童。大人们所说的神童指的是初唐诗人骆宾王。

　　骆宾王7岁时作《咏鹅》诗，博得了"江南神童"的美誉。

鹅，鹅，鹅，曲颈向天歌。
白毛浮绿水，红掌拨清波。

　　长大后的骆宾王，与王勃、杨炯、卢照邻合称初唐四杰，其歌咏京城长安的长诗《帝京篇》曾被誉为"绝唱"。
　　骆宾王还曾久戍边城，写有不少边塞诗：

晚风迷朔气，新瓜照边秋。
灶火通军壁，烽烟上戍楼。

　　骆宾王的边塞诗格调高亢、豪情万丈……
　　我爱我的家乡，也喜爱家乡的诗人骆宾王和他的诗。
　　………

　　绣湖公园与义乌的母亲河义乌江一样，在义乌人心目中有着极其重要的地位。义乌许多人在外地工作，任凭岁月流逝，他们永远不会忘记义乌地域文化的象征绣湖和大安寺塔。改造重建后的绣湖公园，在一片绿树红花清水之中，依次掩映着古色古香的大安寺塔、民居博物馆、宋亭、明廊、古石桥和水舫。昔日之绣湖八景淋漓再现，成为今天义乌人茶余饭后、休闲健身的好去处。

第十五章 爱自然，爱生命

台风"罗莎"来了！

气象台收到一条最新消息：今年第 16 号超强台风"罗莎"将要在台湾北部登陆，或擦过其临近地区迅速向西北方移动。为躲避"罗莎"，我们浙江省沿海地区全部停课一天。

我们义乌属于浙中地区，没有接到停课的通知。因为上一回台风来的时候，我们停了一天的课，结果第二天却是风平浪静。这一回，台风会不会刮到我们这一带呢？

当天晚上，风云变色。傍晚时的天气如黑夜般浓重，浙江沿海地区遭到 10 级以上大风，电线杆、大树纷纷倒下，不时有砸伤路人的简讯从电台发出。我呆在自己的小屋里，不由得瑟瑟发抖，门窗都紧闭着，还被风吹得嘎嘎响。

那晚，电视正放着一起高智商犯罪片——《擒狼》。正在看电视的我，不时阵阵发哆嗦，再遇上这种天气，更制造了紧张恐怖的气氛。我赶紧关掉电视，跑到爸爸妈妈的房间一蒙头就睡了。

今天，我在电视上了解到台风新动向：台风"罗莎"今已到浙闽交界处，今后去向定为西北方向。我终于松了一口气，终归还是躲过去了。

台风离我们愈来愈远了，可是，台风吹到的地区的人民该怎么办呢？我不禁担忧起来，只希望少一些天灾人祸，多一点和平幸福……

猴

　　世间万物，皆有灵相。猴有一张人脸，兔的瓣嘴逗人喜爱，猫脸玲珑小巧……

　　远古时期，人是由猿进化过渡而来，而猿便是如今猴的祖先。猴向来就是受人传颂的，连稚龄儿童也喜欢神猴形象的孙悟空。在我的印象中，猴一定是会爬树的，而且从这一棵树顺着垂下来的藤蔓跳到那一棵树上去，比起国宝熊猫，要机灵得多！猴有一条长长的尾巴，这是与人不像的一面。可是，这帮助了它的灵敏，它可以缠绕着藤蔓，用它的小手舔着水果，而不是猪那般又细又卷又短的弹簧尾，也不像兔子般又小又软的棉团尾，起不了多大作用。

　　猴从来都是与人为善的，它们非常灵巧地和人们知己般相处。不像老虎般凶猛，也没有河马般冷漠。它们似乎代表人的最原始的时期，这也更证明了人类与猴子是近亲。也许这就是猴子与人类较有亲和力的缘故吧！想到这里，我就为人们常常在动物园中与猴子玩闹而莞尔。

同心·爱心

　　"一方有难，八方支援"，情系中国，心系百姓……2008年5月12日14时28分，突如其来的8级大地震，在四川的汶川及周边县市发生。房屋和公路、桥梁倒塌了，孩子们失去了父母，父母失去了爱儿……在这场大地震灾难中，全国人民自发地为汶川及周边县市人民奉献自己的一份爱心，帮助汶川

灾区人民重建美好家园。

在我所就读的绣湖中学，在汶川地震发生后不久的几天中，老师和全校学生开展了"帮助灾区人民"的自发爱心捐款活动。那一天，我们班同学都把自己要捐的钱投到班里一只募捐箱里，每一个同学心中都充满了激动，但却不一样地展现在了脸上。有的在捐出自己的零花钱之后，便露出了微笑，而有的同学则流下了眼泪。

有一位老师知道灾区人民怎么失去家园和亲人的痛苦，他把一个月的工资全部捐到了募捐箱里。还有一位同学家里生活过的很困难，他爸爸是残疾人，妈妈身体也很弱，家里全靠妈妈打工挣一点钱来维持生活，市民政局每年都要补助他家生活费，在这样的情况下，他也向灾区学生捐了款。他淡淡地说："我现在的生活还是比灾区人民过得安稳，我得到了国家的帮助，我理应也要帮助别人。"

微笑中，我发现了什么是给予；泪花中，我发现了什么是真爱。我攥着自己从前所挣的稿费和积存的零花钱，把它们全部捐到那只募捐箱里。在我心中，那似乎是在传递温暖，那一瞬，我释怀了，好像灾区学生肯定会脱离险境一般。我相信世界上有这么多的爱心人士在努力着，你们——灾区人民一定会重建美好家园。

在这次募捐中，绣湖中学就捐了48万余元，我的母校实验小学也捐了97万余元，这是爱的凝聚，爱的祈福！

大灾·大爱

2008年5月12日，一个深深的震撼打动了我。北川，一

个花好、水好、山好，充满了人情味儿的多情土地，刹那间成了废墟。

下午第一节语文课，是后来想来让我觉得刻骨铭心的一节课，因为四川的和我们一样的同学们正在经历着生与死。这一场地震摧毁了他们的家园，让他们的住房、学校化为废墟……

我想，那一刻，他们应该吓傻了，他们根本不知道该怎么办，只听见四面八方轰隆隆的响声、房屋倒塌声、哀叫声，各种悲惨的声音接连不断，他们肯定都哭了。

如果是我，肯定支撑不住了，可能我会从三楼往下跳……也许，我会侥幸活下来。我的身体在颤抖，我不停地哆嗦，那样的场景，我肯定惊呆了。这一次的地动山摇，肯定是我从来不曾经历过的，我很害怕，我担心我的家人，我担心爱我的所有的亲戚朋友，我胡思乱想，我自己心里恐怖得把自己给吓着了，我坐在草地上发了一下午呆……

晚上，我看见我们班的同学们都不停地帮忙找人，他们一刻没有休息，他们什么也没有吃，水也没有喝一口，他们的坚强深深地打动了我，我感到很自卑，我对自己的懦弱无能而寒心。

更晚了，我实在呆不住了，我随着班上的同学们一起到旧操场，才发现尸横遍野，惨不忍睹。我开始努力帮助救助人员接灯，支持他们救旧教学楼下压的四个同学，他们不停地在哀叫着："救命……救命……水……水。"

然而，我的想象不是夸张的，它既是现实的真实反映，又只是地震中很小很小的一部分，只是地震中微不足道的一抹痛。

这次的四川大地震，让我感动无限。多么感人的故事，多

么无私无畏的战士们，他们在火辣辣的太阳下，在大雨倾盆下，用自己的生命来保证人民群众的安全。多么感人的行动，多么无私的奉献，他们体现了中华儿女坚强不屈、甘于奉献的精神，他们用爱拯救了受灾群众。

而我们呢，不必在烈日炎炎中抢救群众，不必在洪水中抢救伤员，也不必在废墟中艰难挺进。我们的本职工作就是学习，我们在学习上不也需要有这种拼搏、顽强的精神吗？学习不是一天就能学会的，要学会有恒心，有毅力，只有这样才有可能成功！

这次的四川大地震，更让我重新认识了生活。生活是残酷的，上帝有时候发怒，灾难会突如其来。大灾过后，大爱浮现，让我们去帮助那些需要帮助的人，温暖灾区、温暖人心。

让我们一起：伸出温暖的手，传递温馨的爱。

请接受我的敬礼（诗一首）

叔叔

谢谢你

谢谢你在疲累中没有放弃

活着真好

看见蓝天真好

请接受我的敬礼

是你

第一次教会了我

希望可以创造奇迹

孩子

谢谢你

谢谢你在瓦砾下没有放弃

找到你真好

看见你的笑容真好

请接受我的敬礼

是你

让我们看见了

生命的奇迹可以延续

灾区里所有坚持的人们啊

谢谢你

请接受我的敬礼

以生命的名义

硬币与大饼

"秋风扫落叶，花叶落残飘。"秋风瑟瑟，一阵阵严寒时不时地袭来，一个环卫工人拿着扫帚在垃圾堆里东瞧瞧，西看看，忽然她眼睛一亮，兴奋得有些激动。

她从肮脏不堪、臭不可闻的垃圾堆里小心翼翼地拿起什么东西来，在手上搓一搓，又在嘴旁呵气一下，一层薄薄的水花附在上面，果然干净多了，转身放进了背后正啜泣的小女儿的碗里。

小女孩儿异常的兴奋，蹦蹦跳跳地跑向远处，把手中攥得紧紧的两个硬币递给一个卖饼摊点旁的中年妇女。这位中年妇

女麻木地接过零钱，随手送给小女孩一个刚出锅的大饼，瞟了一眼。小女孩没有看她的眼睛，只是紧紧盯着大饼。

小女孩高兴地从老板娘手中接过热乎乎的大饼，大饼散发着诱人的香味。小女孩又以原来的姿态跑向妈妈，只是脚步更加轻捷、轻快。但是，不幸发生了，几根建筑用的木梁横倒在地面上，小女孩正好绊在木梁上，摔倒在地上，手一滑，那块还热乎着的饼掉在了不远的一个暗沟里。

小女孩的妈妈听到声音，回过头来，急忙地从暗沟拾起大饼，擦了擦，先在自己嘴上咬一口，表明没事，随即递给女儿。女儿接过大饼，脸上又恢复了笑容，妈妈也欣慰地笑了……

而那大饼，对于我们来说，不过是寻常到没人愿吃的东西。

误　会

那一夜，那场雨永远也下不完似的；那一夜，浓浓夜色似乎始终也不肯消散……

那一夜，风和雨在天空中肆虐，我和父亲在泥泞的路上架车行驶着，车的前灯直直地射向远处，雨水也被照得通体透亮。

此时，一束白光从树林里逆射出来，在这黑暗的山郊夜晚里，显得更加光亮逼人。想起电视上的抢劫犯"杀人藏尸"，我不禁一阵寒颤，不过还是鼓动爸爸下去看看。没想到爸爸因为职业反应，早就把车停在了一个隐蔽的角落里，拿上两个手电，拉上我悄悄往光源地走去。刚开始的那一点光渐渐变大成了一团光了，声音也因为从远到近而变得更响。这里灌木繁茂，我和爸爸躲在一丛荆棘的后面，确信不会被别人发现。

我们探出脑袋往前看，只见一个农民工模样的人正使劲发动引擎。原来，车的轮子陷入了一个泥浆的大坑里，再加上雨的作祟，轮子只会越陷越深。我们注意到农民工身后还有一个人，他一身灰色朴素的制服，两只手抓住车的后杆上，使劲往前推。只见他们神情很急，不时往四周环顾，似乎怕什么人来似的……

暴雨和狂风使劲地狂舞着，打湿了他们的衣衫，敲打着我们的脑门。我们立刻像过脑电图般分析起这两个人来：一个农民工，身家必然不富裕；另一个是推车的，朴素的着装……猛然意识到，这两个人很有可能是偷车贼团伙。

可是，结局却始料不及。原来驾驶座上的正是一个从外乡来的搞运输生意的人，他说他非常感谢那位军人对他的帮助。原来在后面推车的人，是一位热心助人的军人。

听完这些话，我和爸爸都情不自禁地动手，和那军人一起把车推出了泥坑。我们回到自家的车上，虽然弄脏了衣服，我觉得这是值得的。

渐渐地，风更狂了，雨更大了，这位军人的背影在我脑中也越来越高大……

心灵深处

在我心灵深处，始终有那么一个景象浮现：历史罕见的持续低温雨雪冰冻天气给贵州、湖南等 20 个省市造成重大灾害，受灾人口超过 1 亿多人……

这所有的一切，都是因为 2008 年的一场大雪。这场大雪使多少来义乌打工却又急着想乘火车回家过年的人们不能及时回家；使多少贫困的人们不能吃饱喝足；使多少无辜的人们死于冰雪之中……

也许，这场大雪让人们感到无比快乐，因为，这是 40 多年来的第一场大雪，就连现在做父母的也是第一次看到。他们可以尽情地堆雪人，打雪仗；他们可以尽情地乱踩、乱踢；他们也可以在洁白的雪上留下他们的脚印。但是，他们却不知道，就在那另一个角落，供电公司水东供电所员工正冒着大雪，抢修线路。就在 2 月 2 日那天，一位员工就当场捧起一把雪放入口中解渴。你说说，那洁白的冰雪居然可以像水一样起到解渴作用，而我们呢？在不断地用雪玩耍、嬉戏，却不知道那些受灾的人们正蜷缩在一起互相依偎着取暖！

在新闻上，我看见现在全世界都面临着灾难。但是有谁想过为什么会导致这些灾难？其实，这都是人类一手造成的，都是人们在不断地浪费资源和破坏环境，使世界的天气越来越糟糕，越来越反常。这只是上天给人类的一个小小的惩罚罢了。但是人们却总是忘记教训，总是忘记那些灾难的降临，那些无辜的人们只能忍受煎熬，在痛苦和饥饿中死去……

在我心灵深处，始终有一个声音在呐喊：醒醒吧，人们！不要再去破坏地球了，要学会与地球休戚与共！

ZAI MENGXIANG ZHONG CHENGZHANG

在梦想中成长

　　义乌国际商贸城是义乌市适应国际化发展需要而建造的现代化批发市场，是一个集购物、旅游为一体的国际性商业平台。这张照片是义乌国际商贸城的西大门，气派吧？这个地方可是让无数外国采购商留连忘返的现代化国际市场啊！

第十六章　杂谈·随笔

我眼中的税收

税收，其实就是钱，它是国家为了实现其各项职能，按照法定标准，无偿取得财政收入的一种手段，也是国家凭借其权力参与国民收入的分配和再分配而形成的一种机制，一种特定的分配关系。

"取之于民，用之于民"，是税收的本质。从老百姓那里征来税收，最终利益还是会回到老百姓自己的身上。它可为人民谋福利，尤其是能保障老弱病残等社会弱势群体的生存。

我的表哥曾告诉我，在他年轻时，他曾去军队服过兵役，这是他一生最感到荣幸的事情。在部队必定要吃、要住，那么这些钱又从何来呢？国家财政税收。

在义乌这座我生活的城市里，随处可见的桥梁建筑、公用设施等，比如篁园大桥、宗泽大桥、商城大道都是耗资巨大的工程，而它们又是如何建成的呢？钱，当然是靠钱。而这又离不开老百姓的纳税。而最终这些桥连接着原本不相连的两岸，反过来又为人民群众提供了生活的便利。

其实在我所热爱的义乌这片美好的土地上，就处处闪现着税收的身影。正因为它的存在，我们义乌的小商品城才能闻名世界。义乌小商品城，是被全国人民誉为"小商品海洋，购物者天堂"的地方，是一处世界闻名的理想的物资物流中心。义乌因小商品业而让天下人知晓，义乌小商品城规模宏大，但凡来到义乌的人，没有不知道这个地方的，也几乎没有人不到此处一游的！事实上，很多人就是冲着义乌小商品城慕名而来的！到过义乌小商品城的人，一定会为它的规模而惊叹的吧！

它可以说是现在中国最繁荣的物流中心之一。可是你知道吗，这个小商品城每年的税收有多少？那可是个天文数字！它的税收额在全国同类性质的商品物流基地都是名列前茅的。

政府与国家其实就是一台机器，而收税自然就是使机器运转的机油，而机器如果没有了机油来工作，后果则不堪设想。税收的重要性不言而喻。

国家把人民群众创造的财富以税收的形式集中起来，不论是直接用于经济建设，还是用于发展科学、教育、文化、卫生事业，还是用于建立健全社会保障制度，维护社会稳定，巩固国防，都是为广大人民的利益服务的，广大人民群众是税收的最终受益者。

依法纳税是每一个公民的义务，自觉纳税是至关重要的，绝不容许任何一个人逃税漏税，那样将会受到法律的制裁。虽然对于我们中学生来说，还不是现实中的纳税人，但我们也应该趁早培养良好的纳税意识。纳税意识，应该从小开始教育。

三所房子

一幢白墙的建筑，竖立在轻盈的草坪上，银白色的防护栏警卫着，富丽堂皇，甚是气派。路人见了，免不了会对着这儿夸赞一番。这儿是一处别墅。

房子的主人是一位女青年。她在事业上很有成就，据说是个大公司的经理。每次下班回到房子，她总是喜欢打开房间的落地窗欣赏门前的湖景，看日落的残红，盼日出的朝气。她说她喜欢这种"吹面不寒杨柳风"的味道。更多的时候，她牵着一条浑身金黄卷毛的宠物狗在湖边蹓跶。她不用为家里的烧饭、打扫等琐事而心烦，她家有保姆，家里什么杂活都由保姆一个人来干。保姆也很勤劳，从早到晚是忙个不停，房间打扫得一尘不染，主人下班回来张嘴就可以吃上热腾腾的晚餐。

别墅左侧是一幢灰色居民楼，看剥落的石灰，似乎已有几十个年头了，上面密密麻麻地布满了电线、电话线、网线，犹如蜘蛛网般紧紧地裹着楼房。在旁人看来，居民楼依旧整洁，只是有些缺陷。里面住着一对老年夫妇。老两口过得平平静静，持家勤俭，说过得有滋味，却也不够充实；说过得平淡无味，却也有声有色。一日下来，老爷爷也不出门，呆在家里看报纸，只有茶余饭后携老婆婆去门口的湖边公园闲逛一番。老婆婆虽整天忙来忙去，却沉默寡言。房屋的墙上被装饰得似个幼儿园，他家一定还有个小孙子或小孙女，孙辈的存在消泯了老两口的寂寞，使得老两口看似童心未泯，虽然年迈、衰老，却无动于衷，享受着这恬恬的安静。

一幢红砖砌成的旧瓦房，就筑在灰色居民楼后的小路旁，房外的三色格外分明：灰色的瓦片，红色的墙身，棕色的碎土。小路上来来往往的人很多，似乎大家都熟视无睹，瓦房也就日复一日地伫立在那里生息着。门旁杂草透过石缝，挤挤挨挨的足有半人高，主人似乎永远没有拔除的念头来……住在这儿的，是一个穷酸的青年，平时不见有什么工作，就好画些画。也真怪，几张画还获得了国家级的美术展览奖，他认定了美术这一渠道，在画画上用起劲来，吃完了就画，深夜里，灯火依旧透亮。瓦房里，杂乱不堪，却又感觉不出哪里凌乱，只要多看几眼，这儿是油画，那儿是水墨画……处处散发着颜料味。

每当我走过这三所房子，不尽的思绪就会涌上心头。我不

知道他们看到的湖的景致是否一样湛蓝和平静？我不知道他们
逛湖边的公园时是否有同样的心情？我更不知道年轻的女经
理、年迈的老两口、穷酸的小青年，他们是否会比较些什么
……

　　生活如同房子，高低才会错落，错落才会美丽。人生何尝
不如此呢，有物质上的满足，有精神上的追求，有对下一代的
希冀……

话说三国

　　话说东汉末年天下三分，征战不息，赤壁之战、火烧西
岭、暗渡陈仓，造就出一个个非凡的人物……床头上的闹钟嘀
嗒嘀嗒地走着，我的心思却还留连在下午的"三国志"上……

　　这是我第一次在绣湖中学上实践综合课——文学名著欣
赏。按着老师的指示，找到了指定的班级。进到教室里，找到
一个座位，安稳地坐下来以后，我发现他们班的黑板报多以图
画形式为主，少有文字版面。

　　一转过头，就是蒋老师跳进了我的眼眶。蒋老师是我的语
文老师，尤为我敬爱。我早就想听他的文学欣赏课。四大名著
是民族文化的结晶，其中之《三国演义》尤其吸引人，它是根
据西晋时陈寿写的史书《三国志》虚构出来的小说。蒋老师在
课堂上有说有笑，畅谈民族文学经典，一扫往日的威严气势。
他的课让我兴味大增，获益匪浅。

　　想到曹操其人，实是一代奸雄，有勇有谋，却满腹狐疑，
凶狠手辣。其经典名言是："宁教我负天下人，不使天下人负
我。"

在现实生活中，对那些有智谋而无善心者，我们也往往喻为曹操。

当听到作者罗贯中憎恶曹操，而编书讽刺之，心情大快。

我常想：宁可对不起自己，也不能对不起别人。

中　计

"口扑……嘶啦……"他正蹲在货车旁大口吞食着方便面。他身穿黑条白格子的短衬衣，一条灰色尼龙裤，脚上还套着一双拖鞋，整个人还算干净。

"有活，你做不？"一个粗犷浑厚的男中音夹杂在人群中。他缓缓抬起头，看到有人搭理他，用衣袖抹抹嘴，就打开了腔："什么活儿呀？"中年男子狡黠地一笑："送个货，来回40块。"说完即吐了一口痰在地上，令人不胜恶心。

"那……行！"

中年人坐上货车副驾驶室里带路，好不容易才穿过了拥挤的人群，他指着不远处的一家杂货店："哝，把门前的十几箱货搬上车，再送到货主那儿就行了，我有事，先走了，有事和门口那人说。"

他挠挠头，嘀咕一声"这人真怪"，便向杂货店走去。杂货店门前有一人正东望望，西望望，在找人似的，旁边堆放有十几箱看似分量不轻的货物。""吱——嘎"一声停好车，他利索地跳下车。杂货店门口的人就直喊："哒，是你吗？快把货搬上去，货主等急了。"那人指指手上的纸条："别忘了向货主要钱。"他应了一声。

他大汗淋漓地把货都搬上了车，熟练地将车启动，看看地址，发现竟离这儿不远，他暗自庆幸。他握着方向盘，神态自若，载着货驶向货主的仓库……

此时，那个中年男子，早已匆匆来到货主门前，货主认得他。"货待会就送来了，先付款吧！""不是说货到了交钱吗？""提早交，有何不可？""要是货不到，再给你多送一车，如何？""货主见他信誓旦旦，便把钱如数地交给了他。

一盏茶时间过去了……

"嘟。"一阵车的嗽叭声响在货主家门前。"春福路 112 号，是你家订的货吗？"他一字一顿地读了出来。"请老板验货"，他响亮地喊道："如果没有什么问题，货款由我带回。""什么？"货主似没听清。"把货的钱交了。""我已交过了。"他答，似乎已是毫无疑问了。两人脸上一片迷惘。

两人回了原来的杂货店找中年男子对质，里面坐了个女的。他们交谈了许久，最后那女士说的一句话让三人顿时目瞪口呆。她说当天杂货店门口那人是自己表弟，中年男人她的确不认识，她那一天也去找人送货了，回来时莫名其妙地发现货物不见了，她表弟还以为是她叫来的送货司机呢，阴阳差错地中了中年男子的圈套。

骗子何其猖狂啊！

网瘾危害大

星期五这一天，班级将要开展一次综合性学习活动——"走上辩论台"。

开展辩论之前，我们首先要准备下发言稿：网瘾在人一生中的危害巨大，如网下总念念不忘网事，总嫌上网时间太少，

一不上网就会焦躁不安，上网简直比上学更重要，为上网宁愿放弃重要的人际交往和工作……

心理学家认为，上述诸种情况，一年间只要有过5种以上，便属于"网痴"。长期上网之后，某些人的心理素质常会发生改变，会造成心理障碍，如心情压抑、性格内向、不善交往，希望得到重视但十分孤僻。有时还会患上网络信息污染综合症，导致无心工作、成绩下降、家庭不和等。更有甚者，是在网前停止呼吸，近乎死亡！凡此种种，可见网瘾对人的影响之大。

网络的弊端不胜枚举，这里就不一一讲述了。面对这些，难道我们还能够无动于衷吗？须知网络是一把锋利的双刃剑！青少年朋友们，你们可千万别患上网瘾啊！

登月悬案

嫦娥奔月，这个美丽的神话传说流传了几千年，多少人对那月亮上的风光充满遐想，多少人对它魂牵梦绕。

如今，人类终于登上月球了。1969年7月21日11点56分20秒，美国宇航员阿姆斯特朗、奥尔德林顺利登上月球，迈开了人类探索太空的重要一步，树起了宇航事业的新里程碑。

而这，却遭受苏联等一些国家或人群的非议，他们认为：美国人登月是假的。他们屡次提出，在美国登月时的一张照片上，宇航员把美国国旗插在了月球表层上，而真实的月球表面是一些细沙子，就如浅浅的沙滩一般，国旗根本不可能牢固地插着。并且，照片上美国国旗被风吹动，飘飘扬扬，而据实际资料，月球上是根本不会存在大风等现象的。而且，在这张登月照片上，有一股明亮的单侧光，那是太阳光折射到月球上的吗？不，因为月球表面有大气层，在月球上的人会觉得天空一片黑，根本不会有任何的光源。

更加匪夷所思的是，在登月过程中，美国人说在登月舱降落月球时，在宇宙快过光速的速度，又怎么能平稳地停在月球表面上，况且月球的表面是凹凸不平的环形山，可以说99.99％会爆炸。撇开这一点先不说，在飞船与登月舱对接时，同样是快过光的速度，让它们完美地对接成功，竟不会两物相撞，而……

总是有太多疑问，太多迷惑未能解知……

科学总是这么神妙，鞭策着我们去探索……

让苇草走进心灵

"人是能思想的苇草！"

我无比虔诚地写下这一句话，颤抖大脑中似乎有一股巨大的瀑布，从高处倾泻而下，痛，痛，痛！

"人只不过是一根苇草……因为他知道自己要死亡，以及宇宙对他所具有的优势，而宇宙对此却是一无所知。"

我还是猜不透帕斯卡这句话，却从心底里赞同。有些人说，人是渺小的，似乎被上帝遗忘在某个角落，只有这些稀疏的光芒抚慰我们疼痛的成长，任何脆弱的星象都足以把我们的生命结束。然而有些人说，人很伟大、思绪万千，能飞到连光都透不过去的地方。

自然总是比我们要伟大，她一直包容着许许多多的生物

体，在宇宙的一隅和谐而安静地生活着。

　　岁月如风，就这样在城市上空轻轻掠过。浩瀚的太空带着诱惑的表情停留在我们上空，那些闪闪发光的恒星还隐藏多少秘密？我抬起头，布鲁诺笑着对我们说，天空会给他一个答案。

　　就在这里，守望人类历史的窗口，沉积了多少沧桑，思想永远远眺着天边的月亮，一切的辉煌一次而生。

　　人是能思想的苇草。

　　我是一根学着思考的苇草，这是体内的血液告诉我的，是思考过后的价值。它让我看到那些不复存在的过往，珍惜所有的一切。人，这个能思想的灵物，担起了曾经贪婪而付出的代价，留下了这些瘦小而坚毅的步伐。

　　诸神环绕在金字塔上空，太阳的光辉轻轻掠过，人类的思想就在塔尖上闪烁着不可磨灭的光芒。

时间的意义

　　时间一分一秒地过去，时间一年一年地过去，如圣火般永不息……时间虽不会停止的，然而生命总会结束。

　　时间是不会吝啬的，它会给每个人同等的时间，不会谁多一点，谁少一点，可任何人怎样掌握时间是不同的，低龄孩童掌握的时间比年已古稀的老人还要掌握得多。

　　时间不是来消耗的、虚度的，更不能懒散随意；时间是争取来的，更应该勤奋乐学。

　　人的一生少说也有数十载，但依旧满足不了热爱学习的人去追求更高更深的境界，他们渴望知识，渴望更多的学习，他们觉得人生还远远不够丰富。有些大富商却觉得自己有钱便有一切，天天游山玩水，日日拈花惹草，不知道自己的生命价值是否有意义，有的人虽然活到了古稀的岁数，但是有句话说的好："有志不在年高，无志空长百岁。"

在我看来，只要充分去利用时间，掌握时间，无论什么事情都会办得成功。

日期只不过是一个简单的代号，代表昨天、今天、明天。为了更加区别清晰，一周还分为七天，每周还要上五天课程，休息两天。

到头来，日期只是为了使人们更加警惕时间，记住时间。12个月一过，就意味着生命的 1% 将要失去，虽也增加了自身对世界的了解，但自己的亲友可能也失去了 1%。

想知道，时间是多么重要！

风

此时，天空中扬起了一阵风，虽然沙土、尘屑迎面而来，但是我却一点儿不感到烦恼，反而所有的忧愁、羁绊都抛到了脑后，它们随着卷起的风向天际飘散而去……

而在昨天，也是相同的时候，天空中也扬起了这样的一阵风，也是这样的沙土尘屑迎面而来。不同的是我却感到十分苦恼，甚至埋怨起上天来，我甚至认为是上天带给自己烦恼与挫折。在学校里，因为成绩不理想而被老师同学们鄙夷，走出校门又被这无端的怪风戏弄，回到家中，想必会遭父母的双重批评。

其实，风是一样的，只是我的心情在变罢了。在大多数的

日子里，我心情好的时候，风是温柔的，它吹醒了大地，又吹绿了江南岸，吹在身上如慈母抚摸着身体一般，使我的身心倍感舒畅。可是，当我心情焦躁时，风便变了样，似乎再好的天空在我的眼中也会变得十分凶恶，一切都是不祥的兆头。原来，是心情左右了风。

暴风袭卷而至，毁坏了一切东西，它吹啊，吹啊，似乎在空中形成了一个巨大的漩涡。面对突如其来的暴风，人们的心情灰暗了吗？不，我们决不能让风影响人，而要让人的心情左右着风。

在强者的眼中，再大的风又算什么，只不过是空气而已，他们会呼吁出这样的口号："让暴风雨来得更猛烈些吧。"是的，风可能会吹垮人的血肉之躯，却吹不垮人的血肉之心。精神和信念，是永远倒不下的。任它再强烈的暴风雨，在坚定的心面前，都会不堪一击。

风，固是千变万化、变化无常的，但它始终影响不了人。这正是因为人的信念，因为有这颗坚定的心。让这颗坚定的心筑成屹立不倒的城墙，任风咆哮吧！

春雨中的暴雨

早晨醒来，便觉得天气格外清爽，空气也格外清新，连那烦恼忧虑的心情也与这样美妙的世界、美好的日子格格不入。

人们都说春雨是最温柔的，而昨天夜晚时分，也让我见识到大自然在春雨中也会显露出它的利爪哩！

昨天傍晚，我正专心致志地坐在我最喜爱的书桌前，默默地演算着我的数学题。不知是什么缘故，我一遍遍地计算，得

来的却是一次次失望，因为总和选项中的答案不符合。正当我
托着手，瞅着那烦人的题目发愁时，我感觉鼻尖浸凉的，手中
似乎有些清凉的水渍，抬头才发现有更多的水滴从窗户中的间
隙中溅射进来，靠近窗户时，便也听到了那震天的下雨声。那
时，我才发现，窗户竟然是半开着的，我这个书呆子！

"啊，我的考卷。"这时，我才发觉我的考卷已经完全湿透
了，根本无法在试卷上写字了。我拉开窗帘，望见的就是那些
风儿，那些树儿，那些花儿，随着那狂风摇动下垂，左右摇
摆，树枝上的叶子被吹得四处飘散，晃晃悠悠吹落到地上，然
后又如一阵龙卷风般被吹到别处去了，但最后还是被无情的雨
打落在地上……

春天是花开花落的季节，却也是一个天气多变的季节。而
求学之心却不能像春天天气的复杂多变。让学习的热情像暴雨
一样，来得更猛烈些吧！

水

古语有云："仁者乐山，智者乐水。"这是说，山岿然不动
而水流动不居，爱山的人士多好静，爱水的人士多好动，前者
淡泊宁静，后者多欲好斗。其实在我看来未必如此！

水固然是流动的灵魂，但水也清澈无垠。智者乐水，也可
能是爱水的淡泊，爱水的澄净。人的智慧，也只有在如水的淡
泊中，方能显现。

渔民，深受着海水的濯洗，渔民们在无垠的海上，被滔天
的海浪磨砺着，被大海广阔的胸襟陶冶着，活得是那么壮烈，
却又是那么质朴简单。大海总能带给那些善良质朴、淡泊勤恳

的劳动者以简单的快乐。于是我爱海和渔民了，爱他们的那份淡泊。

也许你认为渔民算不上智者，但我认为享受简单，远离复杂，享受朴实，远离功利，贴近自然，这就是淡泊给予他们的智慧，纯粹的无杂质的水赋予的生活之道。

由于淡泊名利，陶渊明选择隐居，远离世俗，追求东篱饮酒、西畴放歌、南山采菊、桃源耕田的理想境界。杜甫深怀对百姓的同情以及对统治者的控拆，写下"朱门酒肉臭，路有冻死骨"的悲愤之句，却全然不在意自己的生活有多清苦，还拥有着"安得广厦千万间，大庇天下寒士俱欢颜"的博爱胸襟。

他们，是仁者也是智者，生活在淡泊中清苦里，骨子里却心比天高，有自己所追求的精神理想。这也正如水，看上去一无所有，却包容了万物，丰富的大千世界在其心中。

袁隆平，淡泊名利，撒播智慧，收获富足。他，有着一颗默默奉献的心，正如水有着赶走干旱、滋润绿地的渴望。"喜看稻菽千重浪，最是风流袁隆平"是对他最好的写照。

渔民简单的生活，是如水的淡泊；隐者物我两忘，是如水的淡泊；像袁隆平一样播撒智慧、小视名利的人们，是如水的淡泊。

一瓶纯净水

整个家里，空荡荡的，除了屋里摆放的物品，也只有一盏台灯发出淡淡的光，我借着光安详地做作业。偶尔思考问题的时候，瞥到了窗边角落的那瓶外形已经扭曲了的瓶子，上面贴着的包装纸也已经有半截快要脱落了。

恍惚想起，是前几天吧，连绵的阴雨一点也不令我觉得滋润，反倒觉得越发干燥。记得上学那天早上，我的书包袋里多了一瓶矿泉水，书包多了一份沉甸。可是，一天下来，我却没沾几口。现在，纯净水已变成了隔夜水，它现在放在我的窗台上，仍未移动半步。

我凝望窗外黑漆漆的夜，似乎在这夜幕中得出了一个道理：一瓶纯质的矿泉水因为不及时喝掉，水的生灵之气也停滞了，微生物滋生。坐着近看，便觉得这水也没那么洁净了。总之，不喝掉就是浪费了。而我觉得这水好比人的大脑，若总是不用，就会失去新鲜，沦为废物！

物尽其用才是自然之理，水是如此，大脑更是如此。我们千万要多用大脑，善用大脑！

春天来了

"春天在哪里呀，春天在哪里，春天在那青翠的山林里……""儿童散学归来早，忙趁东风放纸鸢……"春天来了？是的，我们的周围已经开始弥漫着春天的气息。细心观察，发现原本怕冷的同学换下了厚重的全羊毛袄，穿上了轻捷的校服。天空中的气温高了许多，似乎已经把泥土里混着的芳草味儿，蒸发了，把春天带到了我们面前。

走过校门时，看见校训石旁的花坛里，去年枯萎凋零的花朵已在这时绽放，散发出它独有的芬芳清香。校训石没有变，但想必它是最早见证春天来临的人吧。校门上那新老相映的嫩叶与枝干，形成了视觉画面上强烈的对比效果。道路上车流不断的景象一改 2007 年寒冬的场面，不禁联想起春运的繁忙，一派人头攒动，接踵摩肩的场面。是这暖暖的人气融化了这皑皑的冰雪，唤醒了春意。

现在，虽然没有蝴蝶结伴飞舞，也没有蜜蜂成群采蜜，但是大自然中已经有许多生物在为春天而忙活着……

"一年之计在于春"，在春天，人们的活力是最旺盛的……我也要把握住这难得的春之计。

"春天在哪里呀，春天在哪里，春天在小朋友的眼睛里……"听着这动人的歌声，伴着这春天的气息，我沉醉在这动人的风景画中……

我眼中的交通警察

一个普通的十字路口，一个不足 5 平方米的小岗亭，一个 175cm 高，说话大嗓门的大男孩——这就是我眼中的交通警察。

这只是一个再小不过的十字路口——只有 4 个单向红绿灯，连人行横道线都没有划，按说是不需要交通警察，可是他——我眼中的交通警察却天天早出晚归。"他到底为了什么？"我不禁这样问道。

他很健谈，和他熟悉的人都管他叫小刘。日久天长，我也和他熟识了，每次路过那个路口总能看见他。我冲他招招手："叔叔好。"他也冲我打招呼，用他特有的大嗓门对我说："你好！注意安全！"

一年夏天的一个中午，我因为要取点儿东西便坐车回家，当我快走到那个路口时，在我前面骑着一辆三轮车的小伙子一个急转弯，没掌握好平衡，一下子失去重心，车横着翻倒在地上，车斗内装的西瓜、桃全滚到了马路中央。那些水果向四面八方滚去，滚得很远，几乎占据了路口的大半部分。那个小伙子呆呆地看着地面不知所措。正在岗亭中喝水休息的小刘叔叔见此情景，三步并作两步地从岗亭中跑出来，二话没说，弯下腰去拣，天气酷热他也不顾，汗滴像断了线的珠子一样往下淌。几分钟后，那个小伙子看见小刘叔叔的汗衫湿透了，全都贴在了皮肤上时，感动得说不出话来。

　　这就是我眼中的交通警察，一个普通的交通警察，一个热心肠的交通警察，那么热忱，那么为他人着想。我的表哥曾经是一名警察，现在我对警察的敬佩和崇尚更深了一层。

一个走在同学前面的少年

李雪盈

　　记得刚接一年级时，班里只有 34 名学生。因为是寄宿制班级，孩子们又是刚进小学，恋家的情绪很大，天天有人哭闹着要回家。我整天哄着这个，劝着那个，忙得焦头烂额。不经意间，我发现桌边坐着一个圆圆脸的小男孩，他从不会像其他小朋友那样哭闹不休，只是倔强地、悄悄地把眼角的泪水拭去，一到上课，就马上坐得端端正正的。才七八岁的孩子就有了这么大的控制力，我不禁暗暗称奇。于是，我记住了他——虞晓波。

　　随着进一步地接触，我对这个小男孩越来越感到惊讶。刚来上一年级的他，居然已经认识了好多字，100 以内的加减法也都已经会了。看来，孩子的父母非常重视对他的学前教育，这在商机纵横的义乌是不多见的。于是，晓波很快就成了班里的领头羊。当别人还在费力地拼着拼音一字一顿地读课文时，他已经拿起了课外书津津有味地看起来了；当别人还在用拼音学写一句通顺的话时，他已经能简单地写一件事了。晓波就这样以永远比别人快一步的节奏走在了同学们的前面。

晓波性情文静、内向，上课站起来回答问题时，都会显得很腼腆，和同学交往更是礼让三分。我曾尝试让他管理班级，可他从不会严厉制止不守纪律的同学，最后总是请老师来收拾局面。而他呢，一看到教室安静了，马上就钻进了书的世界里。于是，我索性给了他一个闲职，让他不必再为班级的琐事操心。这样，他就更是如鱼得水，空闲时间时总能看到他在静静地捧起一本又一本的书。

在日积月累的熏陶下，晓波的写作开始在班里崭露头角。在课堂上，我经常拿起他的文章当范文读。三年级时，我在批改学生的寒假日记。翻开晓波的日记本，那厚厚的 20 多篇日记让我赞叹不已：他总是这样，老师布置的日记总是加倍地完成。看着看着，我被一篇《喝咖啡》吸引住了。"呀，真是太精彩了！"我忍不住叫了起来。边上的同事也被我吸引了过来，他们看了之后也啧啧称赞：写得真不错。于是，我建议晓波进一步修改一下，并帮他寄到了《中小学作文教学》杂志社。一个月后，晓波的第一篇习作发表在了这本省级刊物上。从此，晓波的写作兴趣更加浓厚了，写作水平也开始了质的飞跃。一篇篇佳作从他的笔下陆陆续续地问世了。

他的成功更是带领了班里的其他同学，许多人也开始纷纷效仿。于是，班里爱看书的人多了，爱动笔的人多了，爱写日记的人多了。继他之后，又有好几个同学的习作在《中小学作文教学》中陆续发表了。班里掀起了向晓波学习写作经验的高潮。在他的带动下，班里的整体写作水平大大地提高了。

遗憾的是，因为工作关系，我只带了他们4年。但是，晓波的佳讯时常传到我的耳边。

《在梦想中成长》或许还不够精致，或许它还有些许瑕疵，但它已经在显露出它的光彩，已经在慢慢走向成熟。相信，晓波的路会越走越好！

2008年6月9日

（李雪盈：女，义乌市实验小学语文老师兼班主任）

晓波，加油！

刘志超

  晓波要出书了，大家都认为是件好事，我听说后也十分激动。浇波是我的学生，平常我虽然也写过一些小文章，自恃文笔不错，然而真正面对一个如此精致玲珑的少年，还真不知从哪儿下笔起。每天看到晓波淡雅镇定，在我面前闪过，我总有一种冲动，忍不住要提起笔来写写这位充满朝气的少年。

  晓波外表给人一种很明晰的印象：恬静淡定，与人相处总是谦和内敛。记得我有和班里几个活泼的男孩谈天，说到晓波的优点时，那些平素和墨水关系很疏远的人，竟然用形容刘禹锡的几句话来形容晓波：淡泊明志、洁身自好啊等等，虽然与其要表达的称赞相去甚远，但我已明白晓波在孩子们心中的形象很高洁的。他就是你想象中的斯文人，很谦谦君子的样子，一副眼镜，嘴角挂有一丝永远不会消遁的微笑。

其实。在晓波安静的外表下有一个少年敏感的心。在晓波的心坎上，今晨一片落叶告知了他昨夜秋风中有瑟瑟颤抖的枝头；草尖上的一滴露珠又在他的眸子里闪耀出了大海的深邃和宽广。所以，虞晓波，诗人也，作家也。

上帝派了一个有这么好写作功底的孩子做我的学生，真是我刘老师的幸运啊。于是很有信心地想，在我的"鼓动"下，他肯定会不鸣则已，一鸣惊人，不飞则已，一飞冲天。于是乎晓波既成了我的学生，也成了我理想中神交的对象。

但是，现实中他既不是李白也不是鲁迅，他就是班里一个真实的学生，和班上其他任何一个孩子一样，需要我竭尽全力泼洒阳光，以照亮他前程。他学业上的压力在父亲急切的期待中变得比其他孩子更重。不堪重负的他在永不言弃的班魂鼓励中越战越勇，在坚持中上升，在坚持中成熟，在坚持中不断地接近目标！

作为晓波的班主任，我和晓波在成长的路上是一对关系密切的战友。面对初中学习的一个个堡垒，我们两人还有班上其他 50 多位少年一次次并肩战斗，一次次用胜利的微笑擦去彼此那许多的汗水。前进中也常有跌倒，倒了就爬起来，这是我和他还有班上所有的战友都在勇敢地做着并将继续做下去的事，直到我们能真地稳占鳌头。毕竟成长的路上竞争激烈，高手如云。站在初中的基础教育的立场上，我更盼望勤奋的晓波能全面发展。即使将来要在文字方面潜下心来追求大成，全面的基础知识体系也会使他的作品更具深度和广度。

如今的晓波，已经从不想长大的童年迈入了追求梦想的少年，扎实的学习和生活在他身后留下了一串让人肯定的脚印。

在梦想中成长，在磨练中坚强，有梦就有明天，梦总会变现！

晓波，加油！

2008 年 6 月 6 日

（刘志超：男，义乌市绣湖中学 714 班班主任）

晓波弟弟，你是我的自豪！

郑双双

　　缘分是一种妙不可言的东西。我始终相信：很多事情都是冥冥中注定的。

　　因为一次必然又偶然的赠书活动，晓波成为了我的弟弟。说必然是因为那次为家乡学校捐书活动是晓波一家筹划已久必定会落实的善举，而偶然则是由于当时任教于该校的我受命担任那次活动的主持人。首次"亲密接触"，我就对这个品学兼优、谈吐不凡的男孩子留下了深刻的印象，而晓波似乎也十分喜欢我这位活泼开朗的姐姐。就这样，在虞叔叔的鼎立撮合下，晓波变成了我的弟弟。

　　晓波弟弟是幸运的，上天赐给他写作和绘画等多方面的天赋。年纪尚轻的他早早就是浙江省少年作家协会的会员，他的文章在各大报刊杂志上留下了频繁而美好的踪影。

俨然"小名人"的他是个十分谦虚的人——他把自己的成功只是归结为"比别人多读了几本课外书，多记了几篇日记而已"。

受邀去过弟弟的家，厚厚的一大摞荣誉证书首先映入眼帘，各种样式的荣誉令人目不暇接。如果不是亲眼所见，很难令人相信这是一个年仅10多岁男孩生命历程初期的光辉成果。叔叔和阿姨在和我谈起自己这少年有成、引以为傲的儿子时，时时透露着自豪和欣慰，脸上则绽放着比阳光还要灿烂的笑容。

大器早成的弟弟有着这样的座右铭：今天要超过昨天。而为了完成这个不平凡的梦想，他选择了一条与众不同甚至在常人看来是布满艰辛的道路。我从来不知道有一个孩子可以做到这样子：酷爱读书到废寝忘食，读过的书甚至高于他那并不矮小的身躯；一进入写作的状态可以浑然忘我，文思泉涌使他经常奋战到夜深人静；牺牲唯一宝贵的周末休息时间主动加压去提高自己那受人称赞的画技；因为比赛没有得第一，从不轻易落泪的小小男子汉哭得十分伤心。我始终相信，自助者天助！因为好学和勤奋，晓波成为了今天的晓波。

印象中的弟弟是一个文静寡言的人。可是每一次，他那字字珠玑的言词却总是闪烁着智慧的光芒，仿若在向大家倾诉它的主人是一个思维活跃、有自己想法的佼佼者，真可谓是"不鸣则已，一鸣惊人"哪！

十分令人遗憾的是，因为教师工作的繁忙，而弟弟正处在初中这个特殊敏感的时期，我和弟弟并不能常常相见。所以，我们只能透过电话或者偶尔也会通过 MSN 来了解彼此的近况。而每一次的短暂联系，弟弟总是能带给我他再一次取得进步的佳音和不一样的惊喜。哦，晓波，一个多么令我自豪的弟弟！

从年龄的角度出发，我不容置否地扮演了姐姐的角色。而惭愧的是，在某些方面，弟弟完全有能力也有资格担任现今 22 岁的我的"哥哥"。比如他的坚毅，他的刻苦，他那成熟的思想……都令我折服，都值得我效仿。很少佩服人的我深深地佩服着我那年方十几的弟弟，而且并不以此为耻。《陋室铭》告诉我们"山不在高，有仙则灵"。而引用在弟弟身上，我改编后的版本是：榜样不在年长，有激励之意则行。

弟弟，何其有幸成为你的姐姐。我想告诉你的是：未来的生命之旅还十分漫长，而成功之路走起来也许并非轻松自然，但你是一个勇敢的攀登者，一定可以登上一座令人瞩目的高峰。

加油吧，弟弟！

2008 年 6 月 18 日

（郑双双：女，义乌市绣湖小学的英语老师，晓波的姐姐。）

附录：小学一年级至初中 二年级的荣誉

小学阶段（校内奖励）：

2000 年下学期被评为学习积极分子

2001 年下学期被评为学习积极分子

2002 年上学期被评为学习积极分子

2002 年下学期被评为发展潜力奖

2003 年上学期被评为三好学生

2003 年下学期被评为成功奖

2004 年上学期被评为实小之星

2004 年下学期被评为实小之星

2005 年上学期被评为实小之星

2005 年下学期被评为实小之星

2006 年上学期被评为实小之星

2006 年上学期被评为十佳学生

中学阶段（校内奖励）

2006 年下学期被评为军训标兵

2006 年下学期荣获硬笔书法二等奖

2006 年下学期被评为三好学生

2006 年 11 月，荣获校园文学大奖赛一等奖

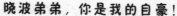

2007 年上学期被评为学习积极分子

2007 年下学期被评为十佳中学生

2007 年下学期被评为品德优秀学生

2007 年下学期被评为 2007 年度绣湖之星

2008 年上学期被评为三好学生

小学·中学阶段（校外奖励）

2003 年 5 月，作文《喝咖啡》在《中小学作文教学》杂志举办的"全国小学生作文竞赛"中，荣获二等奖。

2005 年 3 月，取得中国美术学院社会美术水平考级中心举办的社会艺术水平考级证书，考级专业：人物；等级：7级。

2005 年 5 月，荣获义乌市小学生现场美术比赛二等奖。

2005 年 6 月，采写的报告文学《勿忘血泪史，誓捍正义情》一文在《金华晚报》举行的义乌小记者"长城杯"征文比赛中获得优秀奖。

2005 年 6 月，游记《游骆宾王公园》一文，被选入《夏日阳光——浙江少年作家作品选》一书。

2005 年 7 月 16 日，参加首届浙江省少年作家代表大会暨第三届小作家代表大会。

2005 年 12 月，习作《一份浓浓的爱国情》获得 2005 年度"成功少年"杯全国作文大赛（青岛市成功少年中心举办）二等奖。

2005 年 12 月，习作《乌鸦的传说》获得 2005 年度"成功少年"杯全国作文大赛（青岛市成功少年中心举办）三等奖。

2005 年 12 月，获奖作品《一份浓浓的爱国情》、《乌鸦的传说》被收入《成功少年文萃》丛书。

2005 年 12 月，习作《浓浓爱国情》在《少年儿童故事报·少年作家版》试刊 NO. 18（总第十八期）发表。

2006 年 1 月，在义乌市委宣传部、义乌市教育局联合举办的美术、书法及摄影比赛中，荣获三等奖。

2006 年 3 月，荣获义乌市小学生现场美术书法比赛线描写生二等奖。

2006 年 3 月、6 月，作文《乌鸦的传说》、《江滨之夜》分别在浙江省小作家网（www.zjxzj.com）发表。

2006 年 5 月，在金华市人民政府、金华教育局、海峡两岸研究会联合举办的"宝岛台湾在我心中"征文比赛中，荣获三等奖。

2006 年，作文《捉蛐蛐》在义乌市文联主办的《枣林》文学杂志发表。

2006 年 4 月，取得中国美术学院社会美术水平考级中心举办的社会艺术水平考级证书，考级专业：速写，等级：8级。

2007 年 6 月 15 日，荣获义乌市宣传部颁发的 2006 年度新闻宣传及文化艺术作品奖一等奖，并获得奖金 3000 元。

2008 年上学期，荣获黄冈中学网校金华分校"学习标兵"称号。

2008 年 3 月 28 日，《三所房子》在《浙江工人日报》发表。

2008 年 4 月，《我眼中的税收》在义乌市国家税务局举办

晓波弟弟，你是我的自豪！

的征文比赛中，获得优秀奖。

2008 年 7 月，在"云翔杯"2008 年浙江省迎奥运青少年"我爱祖国海疆"航海、建筑、车辆（普及级）模型锦标赛中，"乘风号"空气桨快艇航行赛项目获得初中男子组三等奖；"扬帆号"电动帆船拼装模型航行赛项目获得三等奖；"扬帆号"电动帆船拼装模型制作竞赛项目获得三等奖。

征文启事

大家好！

你的作品想走进"张瑛姐姐牵手丛书"吗？张瑛姐姐向全国的少年儿童发出邀请，征集反映中小学生的学习与生活的日记、小说、绘画等作品。

张瑛姐姐期待特别阳光的少年儿童走进"牵手丛书"，尤其欢迎少数民族的孩子参与我们的征文活动。字数在 15 万字左右。

通信地址：广州市水荫路 11 号花城出版社；邮政编码：510075；活动主持人：张瑛姐姐；E-mail：yingzhang369@yahoo．com．cn

图书推荐

　　为了满足广大读者的需求，花城出版社发行部按定价（免邮资）办理"张瑛姐姐牵手丛书"的邮购业务。

《告诉你，我不笨》　张蒙蒙　著　定价：18.00元

《告诉你，我不是丑小鸭》　张蒙蒙　著　定价：18.00元

《童年，只有一次》　张蒙蒙　著　定价：18.00元

《快乐伴我成长》　张蒙蒙　著　定价：19.00元

《边玩边长大》　张蒙蒙　著　定价：21.00元

《我的天空有彩虹》　张蒙蒙　著　定价：21.00元

《青春美丽》　张蒙蒙　著　定价：23.00元

《十五岁的风筝》 张蒙蒙 著 定价：25.00元

《我不想长大》 明明 著 定价：18.00元

《小鬼当家》 明明 著 定价：21.00元

《我有我的世界》 洋洋 著 定价：16.00元

《我有一个彩色的梦》 马思健 著 定价：26.00元

《我是小摄影师》 李小楠 著 定价：25.00元

《人小鬼大》 黄怡 著 定价：22.80元

《我是一本书》 雪等等 著 定价：19.00元

《我有许多朋友》 雪象象 著 定价：18.00元

《我们是小小留学生》 雪等等 雪象象 著 定价：18.00元

《我的家乡在远方》 永悦 著 定价：20.00元

《成长不烦恼》 彭楷迪 著 定价：20.00元

《在梦想中成长》 虞晓波 著 定价：20.00元

　　以上图书邮购地址：广州市水荫路11号花城出版社发行部，邮政编码：510075，电话：（020）37602819　37604658　37602954　37602956

　　（请先电话联系确认货源后再汇款）